낙원의 아이

낙원의 아이

남상순

여섯번째봄

차례

나는 낙원에 산다

아빠의 세상에는 두 부류의 인간이 있다. 순대국밥을 좋아하는 인간과 순대국밥을 싫어하는 인간. 전자는 뭘 좀 아는 사람이어서 낙원에 살 자격이 있지만, 후자는 뭘 몰라도 너무 몰라서 낙원에 살 자격이 없다.

"너는 누가 뭐래도 낙원인이다."

아빠에게 100번쯤 들었던 말이다.

도대체 낙원이 뭐냐고?

낙원은 아빠가 소속된 모임의 이름이다. 실제 회원 수는 8명이다. 우리 아빠와 고모 이외에는 모두 다른 가족이다. 내 생각에는 실질적인 회원인 8명만 낙원이라고 하고 그들

끼리 가끔 만나 밥이나 먹고 놀러나 다니면 될 텐데, 낙원 회원들은 굳이 8명이 보살피고 있는 가족 모두를 낙원에 포함시키려고 한다. 그렇게 해서 회원 수는 36명으로 늘어나고 말았다. 그중 하나가 바로 나 안수영이다.

낙원이라는 이름의 유래에 대해 조금 더 말할 필요가 있을 것 같다. 나는 태어나지도 않았고 태어날 가능성이 1도 없었던(우리 엄마 아빠가 만나기도 전이었다) 시절에 우리 할머니는 종로에 순대국밥집을 차렸다. 종로3가는 아니었고 낙원 상가 근처인 것은 더더욱 아니었다. 당시에 꽤 흥했던 낙원 상가 순대국밥 골목에서 여섯 블록 정도 떨어진 거리에 할머니의 가게가 있었다. 가게 이름은 그냥 '순대국밥'이었다. 이름도 없는 순대국밥집이었지만 할머니 마음속에서만은 낙원이라는 당당한 이름이 심장처럼 들어앉아 있었는지 모른다. 할머니 가게 주변에는 낙원 상가에 입성하지 못한 순대국밥집이 꽤 있었다. '낙원'은 그때 결성한 비주류 순대국밥 모임이다. 처음에는 우리 할머니만 회원이었는데 돌아가시면서 자식들에게 당신 자리를 물려주신 탓에 낙원과의 인연은 우리 집안의 전통이 되었다. 회원들 대부분이 지금도 전국 각지에 흩어져 순대국밥집을 운영하고 있지만 우리 아빠만은 예외다. 아빠에게는 순대국밥집과 관련 없는 직장이 있다. 대신 할머니의 성격과 솜씨를 고스란히 빼다 박은 고모가 신사동에서 7년째 순대국밥집을 운영하고 있다. 장사가 꽤 되는 탓에 고모는 친척들 사이에서 제법 부자로 통하고, 명절이나 결혼식 같은 데서 아이들과 마주치면 용돈을 듬뿍듬뿍 찔러 주는 자타공인 큰손이다.

나는 지금껏 순대국밥을 딱 한 번 먹어 봤다.

집 안 공기마저 온통 순대 냄새로 채워져 있을 것처럼 말해 놓고 갑자기 무슨 소리냐고? 그런데 진짜다. 초등학교 4학년 무렵, 엄마가 미국으로 가 버리고 난 뒤, 나는 처음 순대국밥을 입에 댔고 밤새 설사를 했다. 그나마 한 그릇을 다 먹지 않았기에 죽지 않고 살았다는 생각이 들 만큼 고통스러운 기억이다. 그 사건은 엄마가 떠났다는 사실과 맞물려 내 마음속에 지울 수 없는 흉터로 남아 있다. 그래도 나는 순대국밥에 들어가는 부속 고기는 그럭저럭 좋아한다. 내가 싫어하는 것은 희뿌연 국물인 건지도 모른다. 순대국밥 집안 장손임에도 불구하고 초등학교 4학년 때까지 순대국밥을 입에 대지 않고 살 수 있었던 것은 엄마 덕이 컸다. 엄마는 순대국밥이라면 질색이어서 집으로는 가져오지도 못하게 했다. 반면 아빠는 삼시 세끼를 그것만 줘도 좋아할 정도로 순대국밥을 사랑한다. 날씨가 살랑살랑 찬바람을 몰고 오면 순대국밥이 그리운 아빠의 멍때리기가 시작된다.

목요일 오후 6시. 학원에서 영어 수업이 막 시작되어 휴대폰을 무음 모드로 해 두려는데 메시지가 와 있었다.

순대국밥 가지고 왔으니까 6시 30분까지 은행 앞으로 나와라.

고모였다. 국내산 돼지고기만 사용해 정성껏 순대국밥을 만들어 팔았으나 지난해 코로나19 바이러스가 휩쓸고 간 후 가게에 찬바람이 분다고 한다. 물건값은 오르고 인건비도 눈에 밟히는데 손님이 없으니 고모는 가끔 이렇게 순대국밥을 친척들에게 돌리기 위해 서울 시내를 순회하는 버릇이 생겼다. 아빠가 좋아하는 음식이니 알겠습니다, 하면서 즉각 튀어 나가야 하는데 지금 학원 수업 중이니 어째야 하나.

> 고모 저 지금 학원 수업 중이에요.

그렇게 답을 보내면 알아서 하겠지 싶었다. 고모는 우리 집 현관문 비밀번호까지 정확히 알고 있는 프리 패스 친인 척이다.

> 내가 지금 큰 차를 가지고 왔거든. 너희 집 골목으로 들어갔다가 동네 차들 다 들이받으면 네가 책임질 거니? 책임질 생각 없으면 당장 은행 앞으로 튀어 나와라.

"아이 씨."

그렇게 소리쳤더니 영어 선생님과 공명지가 동시에 나를 째려보았다. 슬그머니 휴대폰을 공명지에게 보여 주고 일어나 화장실 다녀오겠다고 말하며 밖으로 나왔다.

은행 앞까지는 5분도 안 되는 거리였으나 거기서 7분을 더 기다리고 난 뒤에야 고모가 나타났다. 짜증이 솟구치는데 고모는 변명이나 미안한 기색은 없고 다짜고짜 "네가 좋아하는 오소리감투 듬뿍에다 돼지 코도 통째로 두 개 넣었다. 암뽕은 네 아빠 거니까 손대지 말고." 하더니 스르르 차창을 닫으며 가 버렸다. 드라이브스루였다. 그제야 알았다. 고모는 차가 커서 골목으로 안 들어온 게 아니라 코로나19 바이러스가 걱정이었다는 것을.

그나저나 난감한 노릇이 아닐 수 없다. 순대국밥이 든 비닐 봉투를 집에 가져다 놓으려면 슬리퍼 걸음으로 왕복 30분은 잡아야 하니 엄두가 나지 않았다. 영어 선생님 눈치도 보였다. 할 수 없이 순대국밥 봉투를 들고 학원으로 돌아갔으나 이걸 교실 안으로 들여놓는 것은 아니다 싶어 숨겨 둘 장소를 물색했다.

"그게 뭐니? 누구 줄 거야?"

고등부 영어 선생님이 다가오며 관심을 보여 얼른 봉투를 뒤로 숨겼다. 빈 강의실이나 사무실에 맡겨 놓으면 분명히 끌러 볼 것 같았고 정수기나 책꽂이 옆은 너무 눈에 띌 것 같았다. 어두컴컴한 대형 화분 뒤가 눈에 들어왔지만 거기가 얼마나 더러운 장소인지 너무 잘 알고 있다. 과자 부스러기와 학생들이 뱉어 놓은 침과 음료수 쏟은 흔적이 범벅이 되어 바닥은 눅진눅진했고 심지어 담배꽁초가 떨어져 있을 때도 있었다. 결국 나는 강의실 안으로 순대국밥 봉투를 들고 들어갔다.

"어디 갔다 오는 거야?"

건성으로 묻는 영어 선생님보다 옆에 앉은 공명지가 더 난리였다. 비닐 봉투의 정체를 확인하려고 덤벼들었다.

"순대국밥이니?"

"어."

"앗싸."

"네가 왜?"

"나도 먹을 거니까."

"꺼져."

늘 내 말은 가볍게 무시하고 자기 할 말만 하는 공명지는 제 밥그릇이라도 도착한 듯이 소리 없는 포효를 연발했다. 나는 순대국밥 봉투를 공명지 반대편에 두고 영어 교재로 시선을 집중했다. 선생님한테 밖에 다녀온 사정을 설명하고 공부에 집중하려고 하는데 공명지는 입맛을 다시면서 계속 나를 방해했다. 순대국밥의 안전한 관리와 보관을 위해 할 수 없이 소형 폭탄 하나를 날렸다.

"오늘 우리 아빠 생신이야. 촛불 켜 놓고 축하 노래 부르고 아빠 잔소리 들으면서 순대국밥 먹어야 하는데, 자신 있어?"

공명지는 즉각 눈을 뒤집고 기절할 듯한 제스처를 취했다. 그렇다고 내가 거짓말을 한 것은 아니다. 오늘이 불쌍한 꼰대, 우리 아빠의 생신인 것은 사실이니까. 고모가 그 시간에 순대국밥을 배달해 온 것도 아마 그 이유일 것이다.

아빠 어디야?

8시에 집으로 돌아오자마자 순대국밥 봉투부터 끌렀다. 작은 사이즈의 위생 비닐에 적당한 크기로 썬 오소리감투와 순대, 돼지 귀때기며 암뽕이 잘 분류된 채 포장되어 있었다. 일회용 그릇에 담은 밥은 미지근했고 플라스틱 통에 가득 담은 국은 냉장고에서 바로 나온 듯 차가웠으며 젤리처럼 굳어 있었다. 밥은 밥솥에 넣은 다음 보온을 눌러 놓았고 국은 적당한 양을 덜어 냄비에 담아 가스레인지 위에 올렸다. 아빠가 도착해 불만 켜서 끓이면 되도록 완벽한 세팅을 끝냈다.

배가 고파 아빠에게 어디냐고 메시지를 보냈으나 답이

없었다. 고모 말대로 돼지 코가 두 개나 되기에 일단 하나를 썰어 새우젓에 찍어 입에 넣었다. 꼬들꼬들 씹히는 맛이 환상적으로 기분을 좋게 만들었고, 퀴퀴한 냄새나 비린 맛은 전혀 없었다. 역시 고모다. 나머지 하나도 과자처럼 아껴 가며 먹었더니 허기가 어느 정도 가라앉았다. 콧노래를 부르며 옷을 갈아입고 세수를 한 뒤 학원 숙제를 조금 하다가 다시 한번 아빠에게 메시지를 보냈다.

> 아빠 어디야?

역시 대답이 없기에 안 되겠다 싶어 통화를 시도했다. 아빠는 곧 도착한다며 부랴부랴 전화를 끊어 버렸다. 목소리로 보아 술을 한잔한 것 같았다. 아침에 미역국도 먹었고 나에게 생일이라는 사실도 알렸으니 저녁 식사를 하지는 않았을 것이다.

괜히 김치냉장고를 열고 케이크를 한참 쳐다보다가 문을 닫았다. 케이크를 꺼내면 분명히 손으로 찍어 먹어 볼 테고, 그러다 보면 어이없는 짓을 할 게 분명했다. 낙원 총무 아주머니가 오전에 보내 준 교환권으로 학교 끝나고 사 온 케이크인데, 아빠 생일 선물인 만큼 오늘은 나름 잘 자제하고 있는 거였다. 아빠가 돌아와 저녁을 먹고 촛불만 켜면 된다. 그런데 오늘 같은 날 아빠는 왜 이렇게 늦는단 말인가.

통화를 한 지 30분이 흘렀으나 아빠는 오지 않았다. 다시 전화를 걸었더니 한참 연결음이 들린 뒤에야 아빠가 전화를 받았다.

"아빠?"

"어, 집 앞이야. 곧 들어갈게."

어이없게도 집 앞이라는 말을 들은 지 15분이 지났을 때도 아빠는 여전히 돌아오지 않았다. 안 되겠다 싶어 밖으로 나갔다. 아빠가 주차하던 자리에 차는 없었다.

'만약 술을 마셨다면?'

그런 생각을 하다가 헉, 하고 놀랐다. 누가 뭐래도 음주운전인 것이다. 아무리 대책 없는 홀아비 꼰대라도 아빠가 그 정도로 개념 없는 사람은 아니지 않나?

다행인지 불행인지 이웃집 주차장까지 뒤져 봐도 아빠와 아빠 차는 보이지 않았다. 하지만 그냥 집으로 들어가기에는 왠지 모르게 불안해서 여기저기 걸어 다니면서 아빠를 찾았다. 십여 분을 헤매고 다녔을 때였다.

"어?"

집에서 제일 가까운 버스 정류장에서 아빠를 발견하기는 했는데, 왠지 모르게 분위기가 싸했다. 가을 점퍼 깃에 목을 자라처럼 집어넣은 아빠가 열 발자국쯤 되는 구간을 반복해서 왔다 갔다 하는 중이었다. 생전 처음 보는 모습이다. 늘 빠르게 앞으로 직진하는 뒷모습만 보이던 아빠가 맞나 싶었다. 가까이 다가가서 봤더니 눈까지 게슴츠레 뜨고 있다.

"아빠?"

"어, 어."

아빠가 이상한 행동을 멈추고 벌게진 눈으로 나를 쳐다보았다. 분명히 아들을 알아보는 눈빛이었고 정신도 멀쩡해 보였다.

"여기서 뭐 하는 거야?"

"아무것도 아니야."

그러더니 "집에 가자." 하면서 외투 속으로 다시 목을 집어넣고 앞장서서 걸었다. 하지만 아빠가 걸어가는 곳은 우리 집과는 반대 방향이었다.

"아빠, 우리 집은 그쪽이 아니잖아."

"어, 그래, 그래."

나는 뒤에서 우리 집 방향으로 아빠를 떠밀었다. 하지만 몇 걸음 걷기 무섭게 아빠는 다시 방향을 반대로 틀었다. 그러고는 일정한 구간을 또다시 반복해 걷기 시작했다. 이번에도 딱 열 걸음가량이었다. 나는 멍해져서 그런 아빠를 넋 놓고 쳐다보았다.

순대국밥을 데워 저녁 식탁에 마주 앉았다. 아빠는 꺽, 꺽, 소리를 내며 상체를 흔들흔들하다가 갑자기 정신이 든 듯 숟가락으로 순대국밥을 퍼서 입에 넣곤 했다. 아까 버스 정류장에서 왜 그런 거냐고 묻자, "뭐가?"라고 되묻고는 그만이었다. 촛불을 켜거나 생일 축하 노래를 부르는 것은 생각할 수조차 없는 상황이었다.

술이 조금은 깼는지 양치질과 샤워를 끝낸 아빠가 방으로 들어가 문을 닫으려고 할 때 다시 한번 버스 정류장에서 뭐한 거냐고 물었는데 이번에는 반응이 싸늘했다. 그러고는 머리도 안 말린 상태에서 다짜고짜 정장 바지를 꿰어 입더니 밖으로 나갈 태세였다. 왜 이러냐고 했더니 아들놈

이 아빠 일에 싸가지 없이 자꾸 추궁해 대니 기분이 나쁘다며 차에 나가 잘 거라고 역정을 냈다.

"아빠 차 없던데?"

"회사에 두고 왔어."

"그럼 회사까지 가겠다는 거야?"

"그럼, 그래야지. 별수 없잖아."

"알았어, 다신 안 물어볼게. 그만 자."

술이 덜 깬 상태에서는 잔소리를 하지 않고 공격성도 줄어들지만, 그 대신 자학과 우울 모드가 되어 버리는 게 아빠의 문제였다. 뭐가 더 나쁜지는 생각할 필요가 없다. 술이 깨든 덜 깨든, 둘 다 나쁘고 둘 다 싫다.

나는 할 수 없이 내 방으로 들어오고 말았다. 침대에 누워도 책상에 앉아도 이루 말할 수 없는 심란함이 밀려왔다. 뭔가 보지 말아야 할 장면을 본 느낌이었다.

'뭐지? 왜 그런 거지?'

하지만 아무리 생각해도 뾰족하게 이해되는 것이 없었다. 엄마라면 이 요상한 장면의 의미를 알 수도 있겠지만 몇 년 동안 연락 한번 없이 지내다 보니 통화를 떠올리는 자체가 어색하고 난처했다. 사실은 엄마 연락처도 모르는 상태

였고 설사 안다고 하더라도 뉴욕은 낮이 아니라 밤이므로
감히 전화 걸 엄두를 낼 수 없었다.

순대국밥은 맛있었냐?

마침 공명지에게 메시지가 왔다. 머릿속이 복잡해져서 죽
을 것 같던 참이라 왠지 모르게 뇌 안으로 밝은 빛이 들
어온 것 같았으나 잠깐이었다. 공명지가 문제 해결사인 건
사실이지만 이런 경우에는 무슨 도움이 된단 말인가. 나는
'그럭저럭'이라는 짧은 답을 보내고 휴대폰을 닫았다.
  '도대체 뭐지?'
  아빠가 왜 그랬는지 이해하기 전에는 도저히 잠이 오지
않을 것 같았다. 아빠를 통하지 않고서는 이해할 수도 없
는 일이었다.
  아빠 방으로 가 노크를 하고 문을 열었다.
  "내일 아침 8시에 깨워 줘."
  "알았어."
  퉁명스럽게 부탁했더니 대답도 퉁명스러웠다. 눈치를 보
니 버스 정류장에서 뭐 한 거냐고 한 번 더 물었다가는 당

장이라도 폭발할 것 같은 표정이었다. '아까 놀랐지?' 하고 한 번만 물어봐 주면 얼마나 안심이 될까. 하지만 현실의 아빠는 오른팔을 이마 위에 올려놓은 채 나를 쳐다보지도 않았다. 아들 마음을 이렇게 쑥대밭으로 만들어 놓은 기분이 어떤지 따져 묻고 싶었지만 문을 닫고 돌아서지 않을 수 없었다.

부엌으로 가 콜라 한 모금을 마시고 내 방으로 돌아와 학원 숙제를 마저 끝냈다. 자기 전에 인스타그램에 들어가 친구들 근황을 살피기 위해 열심히 피드를 넘길 때였다. 어떤 게시물 사진이 휙, 하고 지나갔는데 반 친구의 셀카에 '좋아요'를 누르고 댓글까지 쓰고 난 뒤에도 그 이미지가 뇌리에서 사라지지 않았다.

이유를 아는 데 오랜 시간이 걸리지는 않았다. 휙, 하고 스친 사진 속 얼굴은 아무래도 이모 같았다. 엄마가 못다 한 공부를 하겠다며 미국으로 가고 난 뒤 외가 식구와의 연락은 자연스레 끊어졌다. 다시 피드를 넘기면서 이모의 사진을 찾았으나 어디로 숨었는지 보이지 않았다. 이모 이름으로 검색을 했지만 나타나지 않았다. 어쩌면 잘못 본 것인지도 모른다. 오늘따라 유난히 엄마가 생각나고 엄

마와 관련된 사람들이 떠오르는 것은 아마도 아빠가 나를
혼란스럽게 했기 때문이 아닐까.

"에잇!"

잠을 청하기 위해 휴대폰을 저 멀리 던져두고 불을 껐다.

아빠가 이상해

아침부터 덜그럭거리는 소리에 놀라 눈을 떴다. 5분만 더, 하면서 일어나지 않고 이불 속으로 기어들어 뻗대다가 뭔가 이상하다는 생각을 했다. 방금 전까지만 해도 수면을 방해할 정도로 시끄럽던 설거지 소리가 딱 그쳐 있었다. 시계를 보았더니 이미 10시가 넘었다. 친구들과 뚝섬에 놀러 가기로 한 사실이 떠올랐다.

화장실에서 볼일을 보고 거실로 나왔으나 아빠가 보이지 않았다. 안방도 비어 있었다. 부엌으로 갔더니 어제저녁에 벌여 놓은 설거짓거리가 그대로 방치되어 있는 게 아닌가. 그렇다면 방금 들었던 설거지 소음은 환청이었나.

'분명히 가까운 곳에서 물소리가 들렸는데.'

휴일 아침이면 아빠가 설거지하는 소리에 잠에서 깨어나던 일이 떠올랐다. 이불 속에서 그 소리를 듣고 있으면 이상하게 마음이 안정되고 편안해졌다.

괜히 물을 틀어 마른 그릇을 적시다가 문득 베란다를 돌아보았는데, 깜짝 놀랐다. 아빠가 거기에 있다는 사실을 알았기 때문이다. 아빠는 뒷모습을 보인 채 동상처럼 가만히 있었다.

베란다 문을 열려다가 나도 모르게 움직임을 멈추었다. 아빠는 소형 테이블 의자에 앉아 있었지만 담배를 피우고 있는 것은 아니었다. 차를 마시거나 통화를 하고 있지도 않았다. 아무래도 아빠는 먼 산을 보면서 멍때리는 게 분명하다.

'순대국밥이 먹고 싶은가.'

먹으면 되는데 왜 저러고 있는 거지? 아무리 생각해도 낯선 모습이었다. 잔소리쟁이 우리 아빠는 어디로 갔을까.

아빠가 보고 있는 것을 나도 보려고 고개를 뺐다. 멀리 남산 타워와 타워 주변을 한가롭게 산책 중인 뭉게구름이 눈에 들어왔다. 그러다가 에어컨에 머리를 쿵! 부딪쳤다.

"어이쿠."

머리를 문지르며 오두방정을 떨었지만 문이 닫혀 있어서인지 아빠는 나의 기척을 알아채지 못했다. 무엇보다 베란다 유리창이 아빠와 나를 분리해 버린 것 같았다. 아빠가 나의 아빠가 아니라 뭉게구름이나 남산 타워의 아빠인 것 같다는, 말도 안 되는 중2병 말기 같은 생각에 사로잡혀 기분이 순식간에 내리막길을 달렸다. 안 되겠다 싶어 문을 열고 나가 아빠를 불렀다.

"나 왜 안 깨웠어?"

갑자기 어떤 생각에 한참 푹 빠졌다가 깨어난 탓일까. 슬그머니 고개를 돌리는 아빠 표정에서 나는 왠지 모를 성가심을 읽었다.

"어."

그나마 화를 내지 않은 게 다행이었다.

잠시 후 아빠는 조금씩 현실로 돌아왔다. 밥 먹어야지? 그렇게 말하고 몸을 일으키며 안으로 들어온 것이다. 나를 왜 안 깨웠는지 한 번 더 물었을 때는 잔소리쟁이 나의 아빠로 완전히 돌아왔다.

"무슨 소리야? 오늘이 휴일인 것도 모르고 있는 거야?"

하필이면 그때 아빠 눈에 들어온 것이 싱크대였다. 산더미만큼은 아니지만 작은 봉우리처럼 쌓여 있는 설거짓거리가 눈에 들어오자마자 아빠가 분통을 터트렸다.

"어휴, 집 안 꼴이 이게 뭐냐. 네가 먹은 그릇은 네가 좀 씻지. 하나부터 열까지 아빠가 다 해 주기를 바라니 원."

그러고는 이제 나이도 먹을 만큼 먹은 녀석이, 하며 혀를 찼다. 언뜻 듣기에는 평소와 다름없는 잔소리 같았지만 나는 그 차이를 명확히 느끼고 있었다. 원래대로라면 '이 많은 설거짓거릴 보고도 그런 말이 나와?'라고 했을 것이다. 이렇게 말끝을 올려서 분노 가득한 끝없는 잔소리가 이어질 것을 예고했겠지만, 오늘은 혼잣말처럼 말끝이 내려간 채였다. 이런 아빠의 말투는 왠지 모를 허무감과 이상한 슬픔을 자아냈다. 그것도 무대의 배우가 아니라 홀로 남은 사람이 읊조리는 불쌍한 독백 말이다. 나는 팔을 걷어붙였다.

"지금이라도 할게. 하면 되잖아."

서러운 마음이 들었지만 억지로 참으며 설거지를 하려고 나섰는데 아빠는 그게 더 못마땅했던 모양이다.

"됐어. 내가 이미 하고 있잖아!"

버럭, 하는 고함에 가까운 소리여서 나도 모르게 주춤거리며 뒤로 물러났다. 베란다에서 마주한 아빠의 성가심이 끝내 표출된 것 같다. 수업 시간에 같은 질문을 반복하는 아이에게 보내는 선생님의 표정하고도 비슷했다. 나는 얼른 내 방으로 돌아와 문을 닫았다. 어제도 나를 그토록 혼란스럽게 만들더니……. 너무 서러워 눈물이 나려고 했다.

기댈 곳이 없는 마음은 친구들에게 향했다. 휴대폰을 켰더니 부재중 전화에 메시지 폭탄에 난리가 나 있었다. 건대입구역에서 만나기로 해 놓고 왜 안 나오느냐며 욕설과 비난이 난무했다. 마지막 메시지는 '우리끼리 간다.'였다. 형석이가 오후 3시에 학원 수업이 있다고 해서 먼저 만나 자전거 타고 놀다가 피시방에 가기로 했으니, 자기들끼리 간다는 것은 나중에 피시방으로 합류하라는 뜻인 것 같았다. 결국 형석이에게 전화를 걸어 약속을 다시 잡았다. 10시 반까지 자기들 있는 곳으로 찾아오라고 했다.

아침을 먹으려고 슬금슬금 거실로 나갔더니 아빠가 이번에는 식탁에서 멍때리고 있었다. 다행히 밥은 차려져 있었고, 불행히도 가스레인지 위에서는 순댓국 끓는 소리가 났다. 다가가 얼른 가스 불을 껐더니 아빠가 조금 더 끓여야 한다면서 다시 불을 켰다.

"앉아라."

식탁에 앉은 나는 어제 있었던 일을 다시 떠올렸다. 아빠의 생일상을 차리려고 공수해 온 순대국밥과 케이크 이야기를 하면 아빠가 미안하다며 사과라도 할지 모른다는 생각을 하면서 김치냉장고를 열고 케이크 상자를 꺼내와 보여 주기도 했다. 지금이라도 불을 끄고 케이크를 자르는 게 어떻겠느냐는 알랑방귀는 도저히 입 밖으로 나오지 않았다. 나도 감정이 있는 사람이다.

"그게 어디서 난 거야?"

아빠가 반응을 보이자 휘유, 안도의 한숨이 나왔다. 셋이 살다가 둘만 남게 되자 나는 감정마저도 아빠에게 전적으로 의존하게 되었다. 작고 사소한 것에 아빠가 긍정적인 반응을 보이면 기분이 더할 나위 없이 좋아지고, 그 반대일 때는 마음이 산란해지고 기가 죽었다. 때로는 학교에도 가기 싫고 학원에도 가기 싫다. 그런 기분을 어떤 사람들은 살기 싫다, 라고 표현하지 않을까. 케이크를 꺼내면서 아빠에게 케이크의 출처를 설명하고 달걀프라이 두 개를 부탁했다.

아빠가 물었다.

"순대국밥은 안 먹을 거야?"

나는 대답 대신 아빠를 멀뚱히 쳐다보기만 했다. 다행히 아빠는 커다란 뚝배기에 순댓국을 한 그릇만 펐고 달걀프라이도 해 주었다. 하지만 내가 부속 고기를 전자레인지에 데워 노란 머스터드소스에 찍어 먹는 것을 보고는 분통을 터트렸다.

"사내자식이 말이야……."

그러더니 마치 사내다움이란 어떤 것인지 보여 주겠다는 듯이 앞에 놓인 순대국밥 뚝배기에다 고춧가루 한 스푼을 넣었다. 순창 햇고추로 만든 것으로 고모네 가게에서 단골로 사용하는 맵싸한 고춧가루였다. 숟가락으로 뚝배기를 휘휘 저으면서 아빠가 말했다.

"빨간 소스라면 또 몰라. 부속 고기에 노란 소스가 말이나 돼? 엉?"

나는 국물이 식을까 봐 아빠 앞에 놓인 뚝배기를 가리켰다. 예상은 맞아떨어졌다.

"어이, 시원타."

걸신들린 듯 한참 국밥을 입에 퍼 넣고 난 뒤 흐르는 땀을 닦는 아빠의 표정이 밝고 맑고 깨끗해졌다. 방금 전 상처받은 사람처럼 노려보던 눈빛도 더 이상 보이지 않았다. 아름답고 숭고하고 성스럽고……. 세상의 그 어떤 미사여구를 갖다 붙여도 순대국밥을 먹고 난 아빠의 표정을 충분히 설명해 낼 수는 없다. 표독스럽다가도 순해지고 화를 냈다가도 헤실거리게 만드는 것이 순대국밥이 벌이는 기적이었다.

　배우자 없이는 살아도 순대국밥 없이는 살기 힘들다.

　그게 낙원 사람들의 모토이니 당연하다고 해야 하나. 어쨌거나 아빠의 표정이 많이 풀어진 것은 좋은 신호였다. 무엇보다 순대국밥의 은혜로움은 좀 오래 간다. 내일 아침까지는 나에게 푸근함을 제공할 것이다. 내가 평생 고모와 고모가 만든 순대국밥을 섬기는 사람이 되어야 하는 이유였다. 분위기가 좀 풀어지자, 내 입에서는 하고 싶었던 말이 나왔다.
　"다 좋은데, 학원 수업 중이라고 하는데도 고모가 순대국밥 받으러 나오라고 해서 진짜 난감했던 거 아빠는 모르지?"

대화가 끊겨 애매해지려던 참에 썰렁해진 분위기도 살리고 생색도 좀 내려고 꺼낸 이야기인데 아빠는 그걸 고모에 대한 비난이라고 생각한 눈치였다.

"그래도 시간 내서 일부러 여기까지 가지고 왔는데 그렇게 말하면 쓰니? 케이크도 그렇고 순대국밥도 그렇고 항상 감사하게 생각하고 잊으면 안 된다."

"네, 네."

말을 말자. 덕분에 학원에서 순대국밥 봉투를 감추기 위해 애썼던 이야기는 저절로 생략되고 말았다. 부자간의 대화가 짧을 수밖에 없는 것은 다 아빠 탓이다. 다른 애들은 정말 하찮고 실없고 시시한 이야기도 아빠하고 잘 하던데.

케이크를 자르고 난 뒤에는 잠깐의 고해 성사 타임을 가졌다. 아빠는 앞으로는 절대 술을 마시지 않겠다며 뜬금없는 약속을 했다.

나는 아빠의 맹세에 대해 이런 평가를 내렸다.

"난 괜찮은데."

우리 아빠의 경우 그나마 술을 마시고 나면 사람이 나긋나긋해지고 잔소리도 덜 한다. 평소에는 공격적이다가 술을 마시면 수동적으로 변하는 것은 아마 세상 모든 남자 중에서 아빠만이 가진 유일한 특징이 아닐까. 시간이 지나면 자학과 우울 모드로 접어들지만 초기 단계에서는 히죽거리며 귀엽게 웃을 때도 있다. '귀엽게'는 다시 생각해보니 내 착각이었던 것 같다. 어쨌든 평소 같으면 이제 슬슬 아빠의 기분이 가라앉아 축 처질 시간이다. 그런데 오늘은 좀 이상하다. 술을 마신 것은 어제저녁이라 지금은 히죽거릴 타이밍이 전혀 아닌데 왠지 모르게 입술 끝에 미소가 실려 있는 것이다. 이상한 건 그뿐만이 아니었다. 순대국밥을 입에 잔뜩 넣고는 이렇게 말하는 것이었다.

"나 이제 술 끊어야 해."

그러고는 또다시 빙긋, 웃었다.

아이 씨, 뭐야! 뭐지?

너희 집이 순대국밥집이냐?

 친구들을 찾아 건대입구역 근처에 있는 피시방으로 갔다가 정신이 혼미해질 뻔했다. 입구에는 출입 금지 표지판이 붙어 있었다. 사정이 있어서 며칠간 영업을 중단한다는 안내문과 함께였다. 전화를 걸었더니 형석이도 영혼이도 받지 않았다. 문자도 통하지 않았다. 약속 시각에서 한 시간이나 지난 뒤였다.

 근처에 있는 다른 곳을 뒤지다가 세 번째 피시방에서 녀석들을 만났다. 피차 상봉 인사와 욕은 생략하고 친구들이 예약해 둔 내 자리에 앉아 게임 속으로 직행했다.

 이곳은 여전히 한 칸씩 띄어 앉아서인지 쾌적한 실내 분위기인 데다 게임 환경도 최적이었다. 드디어 나도 최신형 벤큐 모니터에다 오울아이 마우스로 게임을 해 봤다고 자랑할 수 있게 되었다. 거짓말하지 말라며 믿지 않을 애들이 나올까 봐 인증 사진도 찍어 두었다. 점심으로는 치킨카레밥을 시켜 먹었다.

두 시간가량 미친 듯이 게임을 하고 났더니 스트레스가 좀 풀리고 기분이 좋아졌다. 오늘 하루가 그렇게 행복하게 죽 이어졌다면 얼마나 좋았을까.

오후 2시가 조금 넘었을 때, 갑자기 형석이가 투덜거리면서 자리에서 일어났다. 엄마가 피시방 앞에다 차를 대고 기다리는 중이라고 했다. 문제는 영훈이와 형석이네가 서로 아는 사이라 형석이 엄마가 영훈이도 데려가 버렸다는 것이다. 졸지에 나 혼자 낙동강 오리알 신세가 되어 길바닥에 주저앉은 꼴이라니.

그럴 리는 없겠지만 형석이 엄마가 형석이와 나를 일부러 떼어 놓으려고 하는 건가 하는 의구심이 생겼다. 셋이 놀고 있는데 둘만 데려가는 것이 너무 께름칙했다. 나를 혹시 나쁘게 본 것일까. 그래서 한마디 양해의 말도 없이 우리의 시간을 강제 종료시켜 버린 걸까.

'그럴 리 없어.'

정말 그럴 리가 없었다. 나는 학교 성적도 나쁘지 않았고 노는 데 환장한 아이도 아니다. 다른 아이들에 비해 게임에 지나치게 몰두하는 편도 아니었다.

'뭔가 그럴 만한 사정이 있겠지.'

애써 도리질을 쳤지만 기분이 나아지지는 않았다. 형석이와 영훈이는 알고 있을 것이다. 왜 이렇게 급하게 집으로 돌아가야만 했는지. 내일 물어보자. 그러면 간단히 해결될 문제다. 별일 아니다.

생각해 보면 고마운 친구들이다. 초등학교 4학년 때 엄마 아빠가 이혼한 뒤 아파트를 팔고 할머니가 살던 이 동네로 이사 왔을 때 막막했던 것은 아빠만이 아니었다. 그동안 친하게 지내던 아이들과 헤어진 아픔은 그렇다 치더라도 아는 친구 하나 없는 학교에 다녀야 한다는 것이 숨통을 조이는 것 같았다. 학교에서는 발걸음 하나를 내디딜 때에도 마음이 편하지 않았고 눈치가 보였다. 그런 나에게 먼저 다가와 준 것이 형석이였다.

"너 축구할 줄 알아?"

그 말을 처음 들었던 순간의 기쁨을 떠올리면 지금도 짜

릿하다. 전에 다니던 학교에서 잠깐 유소년 축구부로 활
동했던 터라, 세상에서 그처럼 적절하고 달달한 질문이 또
있을까 싶었다. 축구라면 아주 조금 할 줄 안다고 했더니
그 길로 팀에 넣어 주었고, 나는 우리 반 남자애들의 선망
을 받았다. 알고 봤더니 형석이는 나와 유치원 동기였고 형
석이 엄마는 우리 이모와 고교 동창이어서 우리 엄마하고
도 안면이 있었다. 형석이도 나도 같은 반이 아니었던 유치
원 때를 기억하지는 못했지만, 그 사실을 알고 나자 둘 사
이에 은근한 짝꿍 의식이 생겼다. 중학교에 들어오면서 축
구는 시들해졌어도 초등학교 6학년 때까지는 운동장에서
살다시피 했다. 학년 대항전에서 우승해 상을 받게 된 것도
형석이와 내 몫이 컸다. 나는 지금 그런 친구들을 의심하고
있는 셈이다.

아무리 그래도 기분이 영 별로인 것은 어쩔 수 없었다.
궁여지책으로 혼자 영화관에 가 〈테넷〉을 보기로 하고 횡
단보도를 건너기 위해 신호를 기다리는데, 맞은편 횡단보
도 앞에 형석이와 영훈이가 나란히 서 있는 게 아닌가. 방
금 형석이 엄마가 차에 태워 간 아이들이 왜 저기에 서 있는
거지? 손을 번쩍 들어 아는 척하려다가 주춤했다. 사람들

이 워낙 많은 데다 녀석들은 서로를 마주 보며 큰 소리로 이야기를 나누고 있었다. 싸우는 것 같기도 하고 아닌 것 같기도 했다.

마침내 신호가 바뀌었고 형석이와 영훈이가 이쪽을 향해 걸어왔다. 잠시 후 두 친구가 나누는 대화를 또렷이 들을 수 있었다.

"암튼 수영이한테 그런 말 하지 마. 난 싫어."

"말을 안 하면 계속 오해만 생긴다니까. 셋이 같이 있는데 수영이만 빼고 우리 둘만 나오라는 게 말이 되냐?"

"모르고 살아도 되는 말은 할 필요가 없다고 생각해. 그리고 우리 엄마가 했던 말 그대로 전하면 내가 너 가만 안 둔다."

"너 참 답답하다."

"답답해도 할 수 없어."

"난 나까지 싸잡아 오해받는 거 싫어, 말할 거야."

"하지 말라니까, 진짜."

형석이는 "이 새끼가!"라고 소리치더니 카페 앞 모퉁이에 멈추어 섰다. 나는 의도치 않게 카페 기둥에 몸을 가리고 녀석들의 대화를 엿듣는 처지가 되었다. 하지만 아무리

들어 봐도 왜 형석이와 영훈이가 목소리를 높여 가며 자기
주장을 하는지 알아채기란 쉽지 않았다. 내가 알아들은 것
은, 영훈이는 말도 안 되는 그 이유를 솔직히 말하고 나서
방금 나만 두고 가 버렸던 사실에 관해 사과하자는 것이었
고, 형석이는 사과는 하되 다른 핑계를 대야 한다고 주장
했다. 누구 말이 옳은지는 알 수 없었다. 말도 안 되는 그
이유가 무엇인지 나는 알지 못했기 때문이다.

마음에 탁, 걸리는 게 아주 없는 건 아니었다. 녀석들의
대화 속에서 얼핏 우리 엄마 이야기가 나온 듯했는데, 내가
귀를 기울이는 순간 형석이가 "그런 얘기는 꺼내지도 마,
진짜." 하면서 화를 냈고 영훈이도 입을 다물었다.

녀석들이 우리가 방금까지 함께 있었던 피시방 쪽으로 걸
어가는 것을 확인한 다음 나는 미련 없이 그 장소를 벗어나
반대편에 있는 영화관으로 걸어갔다. "한 장이요." 하고 표
를 끊는데 왠지 모르게 슬펐다. 그리고 자리에 앉았을 때는
짜증이 났다.

휴대폰을 끄고 영화를 봤다. 영훈이, 형석이와 이미 한
번 본 영화지만, 처음 보는 영화처럼 금세 빨려 들어가 넋
을 놓고 보았다. 회전문이 나오는 시간 터미널 이쪽과 저

쪽이 마치 우리나라 옛날 옛적 시골 기차역같이 시시한 것은 여전히 불만이었지만, 인버전 장면이 나오는 부분은 아무리 보아도 신기하고 경이로웠다.

영화가 끝나고 집으로 돌아왔을 때는 피시방에서 있었던 일은 까맣게 잊어버렸다. 하지만 형석이가 전화를 걸어오는 바람에 그 일을 다시 떠올려야 했다. 내가 테넷을 또 봤다고 했더니 "미친 새끼!" 어쩌고 하는 욕설이 이어졌다. 나는 가벼운 마음으로 왜 갑자기 집에 간 거냐고 물었다. 형석이의 대답은 이랬다.

"우리 엄마가 너하고 놀지 말래."

"왜?"

"너 맨날 부속 고기만 처먹잖아. 그런 애랑 놀면 밤에 돼지머리 나오는, 재수 없는 꿈꾼대. 웃기지?"

'잘도 지어내시네.'

하지만 나는 모른 척하고 물었다.

"꿈에 돼지 나오면 좋은 거 아니야?"

"살아 있는 돼지가 나와야 좋은 꿈이지."

"쳇."

"암튼."

"그리고 나 맨날 부속 고기만 먹는 거 아니거든."

"맞거든. 내가 봤거든."

"아니거든."

그렇게 서로를 향해 욕 반 농담 반을 하면서 옥신각신 하다가 통화가 끝났다. 전화를 끊고 나자 뭔가 확연해졌 다. 형석이와 영훈이의 말싸움이 어디서 끝나 어떻게 타협이 되었는지 알 것 같았다. 한마디로 적당한 선에서 거짓말하 기로 약속한 모양이었고, 이걸 전하기 위해 학원 수업 도중 임에도 형석이가 나에게 전화를 건 것이었다. 다른 이유를 갖다 대기는 했지만 형석이 엄마가 나랑 놀지 말라고 한다 는 사실은 숨기지 않고 말해 주니 고마웠다. 하지만 왜지? 왜 나랑 놀지 말라는 거지?

아빠가 보이지 않아 전화를 걸어 봤으나 받지 않았다. 집 안 꼴은 아침 그대로 엉망이었다. 겨우 설거지만 했지 빨래도 청소도 되어 있지 않았다. 어쩌려고 이러나? 나라도 해야 하나 싶었지만 선뜻 나서지는 않았다. 다음 주도 비 대면 수업이니 나로서는 급한 빨래가 없었다. 다만 배는 무 척 고팠다.

부속 고기를 전자레인지에 데워 먹으려고 비닐 봉투를

끄르다가 생각을 바꾸었다. 형석이 말이 진심으로 마음에 걸렸다. 사실 얼마 전에도 비슷한 대화를 나눈 적이 있다. 형석이는 "너희 집이 순대국밥집이냐?" 하고 물었다. 제발 김치찌개도 해 먹고 된장찌개도 해 먹고 떡볶이 같은 것도 먹으라고 했다. 그때는 몰랐는데 갑자기 수치심이 밀려왔다. 그래서 꺼낸 게 라면이었다.

가스레인지에 라면 물을 올려놓고 잠깐 인스타그램을 연 김에 '시나브로'라고 검색해 보았다. 이모가 즐겨 사용하던 닉네임이 뒤늦게 생각난 것이다. 피시방 소동에서 나머지는 다 괜찮아졌는데 이상하게도 '엄마'는 마음속에 남아 있었다. 엄마와는 직접 연락이 안 되니 이모의 인스타그램이라도 찾아보고 싶었다.

'시나브로'라는 사용자 목록이 여섯 개나 떠서 놀랐다. 다섯 번째로 뜬 아이콘을 눌렀더니 이모가 올린 일상 사진들이 나왔다. 아무리 뒤져도 엄마와 함께 찍은 사진은 눈에 띄지 않았다. 그나마 이모부나 사촌들 모습도 보이지 않으니 나에게 보여 주지 않으려고 일부러 감춘 거라는 생각은 지울 수 있었다.

물 끓는 소리가 들려 가스레인지로 갔다. 라면 봉지를

뜯으면서 '엄마와 함께 찍은 사진이 있었더라도 전체 공개가 아니라 친구 공개로 감추었겠지.' 하고 생각했다. 하지만 그런 생각이 들자 마음이 또 싱숭생숭해졌다. 말도 안 되는 감정 변화였다.

정신없이 라면 그릇을 비우고 이모의 게시물을 좀 더 구경할까 하는데 누가 현관 번호 키를 눌렀다. 잠시 뒤 공명지가 순대국밥 남은 거 있냐며 문을 열고 들어왔다. 추리닝 차림에 세수도 안 한 모양새였고 앞머리에는 짤막한 사과 꼭지가 달려 있다.

"야, 넌 남자들만 사는 집에 이렇게 불쑥불쑥 들어와도 되는 거야?"

"남자? 남자가 어디 있는데?"

그러면서 집 안 여기저기를 두리번거리는 척했다. 이전에 비슷한 상황에서 같은 말을 했을 때는 "싸우면 내가 너 이겨."라고 말하며 주먹을 치켜들었고, "어떤 경우에도 나는 너를 누를 수 있어."라며 허풍까지 떨었다. 진짜 힘이나 세면 말도 안 한다. 지난여름 초등학교 운동장에서 자전거를 타다가 얕은 웅덩이에 바퀴가 빠진 적이 있는데 그걸 못 꺼내겠다고 나를 불러냈다. 이렇게 나약했으나 오늘의 공명지는 "빨리 순대국밥!" 하고 소리치더니 무슨 조직의 보스처럼 식탁 의자에 털썩 엉덩이를 내려놓았다. 아예 밥상 차리라는 말투 같아 어이가 없었지만, 나도 모르게 공손한 자세로 그릇을 꺼내 순대국밥을 담고 있었다.

아빠, 여친 생겼어?

앞서 말했지만 우리 아빠의 세상에서 인간은 두 부류로 나뉜다. 순대국밥을 좋아하는 인간과 순대국밥을 싫어하는 인간. 전자는 낙원인이 될 수 있지만 후자는 자격 미달이다. 공명지는 우리 아빠가 좋아할 타고난 낙원인이지만, 정작 공명지가 우리 아빠를 좋아하지는 않아서 가급적이면 마주치지 않으려고 한다. 공명지가 문을 벌컥 열고 들어왔다는 건 우리 집에 아빠가 없다는 걸 정확히 알고 하는 행동이다.

"조금 더 먹으면 안 돼?"

공명지는 어느새 비운 국그릇을 내 앞으로 쑥 내밀었다.

무슨 야근하는 회사원도 아니고 중딩이 밥을 두 그릇이나 먹느냐고, 핀잔을 주는데도 눈도 깜짝하지 않았다. 도리어 그릇이 너무 작았다며, 어떻게 한 그릇도 안 되는 양을 줄 수 있느냐고 억지를 부렸다. 나는 아빠가 저녁에 먹을 양밖에 남아 있지 않다고 잡아떼면서 얼른 말을 돌렸다.

"정수리에 사과 꼭지 달고 동네 돌아다니는 애는 너밖에 없을 거다."

그러면서 나는 공명지가 묶은 앞머리를 가리켰다.

"바보야, 정수리는 여기 숨구멍 있는 데잖아."

그러더니 자기가 머리 묶은 위치는 전두골이라고 덧붙이기도 했다. 어쨌거나 이상하다고 받아치는데 공명지는 그새 본론으로 돌아가더니 엉뚱한 이야기를 꺼냈다.

"오늘 너희 아빠 저녁 식사 집에서 안 해. 그러니까 순대 국밥 남은 거 다 내놔."

"뭔 소리야?"

"아까 요 아래 카페에 계시더라."

"아빠가? 누구랑?"

"어떤 아줌마랑."

"엥? 고모가 왔나?"

"너희 고모는 내가 알잖아. 아니야!"

"그럼 누군데?"

"내가 어떻게 아냐?"

누군지는 몰라도 분위기가 워낙 좋아 저녁 식사로 이어질 것 같다는 게 공명지의 촉이었다. 말도 안 되는 소리라고 했더니 자기 말이 맞는지 아닌지 두고 보면 된다는 게 아닌가. 그렇게 나오니 남은 순대국밥을 데워서 공명지 앞으로 대령하지 않을 수 없었다. 아빠가 저녁을 먹고 들어오리라고 생각해서가 아니라 대꾸할 말이 떠오르지 않았기 때문이다. 말싸움에서 지면 다 잃는 거라는 걸 공명지를 만날 때마다 뼈저리게 실감한다.

문제는 공명지가 순대국밥으로 만족하지 않고 부속 고기까지 넘본다는 것이다. 어느새 숟가락을 탁 내려놓더니 맹물에 밥 말아 먹는 기분이라며 순대와 부속 고기도 더 넣어 달라고 졸랐다. 없다고 했으나 통하지 않았다.

"너 먹을 거 따로 챙겨 놓았잖아."

"아니야."

"알고 있으니까 빨리 내놔."

"어휴, 친구 집에 음식을 들고 오지는 못할망정 있는 걸

뺏어 먹냐?"

나는 꿍쳐 둔 고기를 탈탈 털어 공명지 국그릇에 넣어 주면서 볼멘소리를 했다. 공명지는 국을 다시 데워야겠다면서 가스레인지로 가서 불을 켰고, 데운 국을 식탁으로 가져와서는 부속 고기 중에서 암뽕이 어떤 거냐고 물었다.

"암뽕은 왜?"

"그냥 궁금해서. 이거니?"

"어휴."

도무지 부끄러움이라고는 모르는 애다. 그게 돼지 자궁이라는 것을 알고 있는 보통 애라면 가족들 앞에서도 쉽게 꺼내기 어려운 말 아닐까. 내가 눈을 마주치지 못한 채 회피하는데도 공명지는 암뽕을 찾는다며 젓가락으로 국그릇을 휘저어 댔다.

"그럼 이거?"

"그냥 조용히 먹어."

배부르면 먹지 말든가, 하면서 신경질을 냈더니 "버릇없게."라고 하면서 아무 말이나 막 던졌다. 내가 불친절해서였을까. 공명지가 나 들으라는 듯 기분 나쁜 소리를 했다.

"내 생각에는 두 사람이 데이트 중인 것 같았어. 최소 썸!

분위기가 딱 그렇더라고."

"누구? 우리 아빠?"

나는 콧방귀를 뀌고 실소를 날렸다. 어떤 눈먼 여자 사람이 우리 아빠 같은 꼰대 아저씨와 데이트를 해? 도대체 무슨 재미로? 재미만 없는 게 아니다. 아빠는 공감 능력도 현저히 떨어진다. 엄마가 순대국밥이 그렇게 싫다고 하는데도 그걸 끝까지 이해하지 못했고, 받아들이지 않으려고 했다. 아빠 앞에서 할머니나 고모를 욕하면 더 괴상한 일이 일어난다. 아빠는 엄마를 편들거나 위로하는 게 아니라 할머니나 고모 편을 들면서 엄마에게 할머니나 고모를 이해시키려고 애를 썼다. 그러니 아빠가 데이트할 가능성은 내가 100만 유튜버가 되는 일만큼이나 어려운 일이다. 공명지 말을 믿을 수 없는데도 왠지 모르게 께름칙한 것은 사실이었다. 무엇보다 빨랫거리까지 팽개치고 외출한 아빠의 행동에 신경이 쓰였다. 직업 특성상 휴일에 거래처 사람을 만날 일도 없고 오래된 학교 동기나 동창이 찾아올 일도 없는 아빠였다.

"혹시 보험 같은 거 하는 아줌마 아닐까. 이를테면 내 이름으로 교육 보험 같은 것을 들기 위해 카페에서 만난 거지. 아는 사람이 소개한 모르는 보험 아줌마 있잖아."

"아니더라."

방금 전에는 나한테 자기가 어떻게 아느냐고 하더니만, 이번에는 딱 자르는 말투였다. 분위기가 보험 외판 계통이 아니었다고 하면서 공명지가 꺼낸 말은 더 기가 막혔다.

"너 이제 어쩌냐?"

"뭐가?"

"너희 아빠 재혼해서 새엄마 들어오면 넌 아마 찬밥 신세일걸."

"야, 다 먹었으면 빨리 가."

그렇게 공명지를 쫓아냈으나 속이 시원하지는 않았다. 마음이 여러 갈래로 갈라져 어지럽게 움직였다. 아빠에게 전화를 걸었더니 마침 받았다.

"어디야?"

"응. 집 앞. 곧 들어갈 거야."

버스 정류장에서 왔다 갔다 하던 아빠 모습이 떠올랐다. 얼른 고개를 휘휘 내젓고는 휴대폰을 다른 손으로 바꾸어 쥐었다.

"누굴 만나고 있어?"

"아는 사람."

"어떻게 아는 사람?"

"그냥, 그냥 아는 사람이야."

그냥 아는 사람? 목소리가 영 심심했다. 내가 아빠를 잘 아는데 절대 누군가와 썸 같은 걸 타고 있는 것은 아니라는 확신이 들었다. 너무 심심해서 간이 하나도 안 된 음성이었다.

두 시간쯤 지나 현관문 번호 키 누르는 소리가 들리더니 아빠가 집으로 돌아왔다. 그새 모든 것을 까먹은 나는 방에서 영어 숙제를 하다가 튀어나와 아빠가 들고 온 꾸러미에 시선을 집중했다.

"이건 롤케이크고…… 이건 뭐라더라, 망치로 이렇게 내리쳐서 부셔 먹는 거라던데."

그러면서 코팅된 종이로 동그랗게 싼 포장에다 주먹질하는 시늉을 했다. 끌러 봤더니 초콜릿을 입힌, 바삭바삭하고 동그란 과자 같은 케이크가 들어 있었다. 다시 종이로 싸서 주먹으로 가볍게 내리쳤더니 박살이 나 버려서 움찔했으나 아빠는 됐다며, 그렇게 해서 집어 먹으면 된다고 했다. 입에 넣었더니 맛은 그저 그랬다.

"이게 다 어디서 난 거야?"

"어, 누가 줬어. 너 갖다 주라고."

"나 주라고? 날 아는 사람이야?"

"아니. 먹어, 얼른 먹어."

그러더니 쌩하니 화장실로 도망쳤다.

아주, 대단히 불길했다. 목소리는 심심했으나 표정은 반대였기 때문이다. 아빠가 목소리와 표정을 달리하는 속임수 전략을 쓰리라고는 생각조차 해 본 적이 없다. 그건 꼰대들의 말 습관과는 거리가 멀었다. 꼰대는 이중 전략을 쓸 능력이 안 되는 탓에 꼰대가 된 사람들이다. 그렇다고 화장실 안으로 따라 들어가 따져 물을 수는 없어 초조한 마음으로 아빠가 나오기를 기다렸다. 그런데 마침 그때, 아빠 휴대폰으로 메시지가 왔다. 어떻게 할까 망설여졌으나 잠깐이었다. 까딱하다가는 찬밥 신세가 될 수도 있는 처지인데 해도 되는 짓인지 하면 안 되는 짓인지 따질 겨를이 없었다.

안 선배, 잘 들어갔어요? 저도 집에 도착했어요. 오늘 고마웠어요. 그나저나…….

내용은 거기까지 보였다. 아빠 휴대폰에는 비밀번호가 걸려 있지만 나는 볼 방법을 알고 있다. 글자를 왼쪽으로 밀고 거기서 '보기'를 누르면 전체 내용을 볼 수 있는 것이다. 보기를 누르려고 막 떨리는 손가락을 액정 화면에 댈 참인데, 아빠가 화장실에서 나오는 기척이 느껴졌다. 후다닥 있던 자리로 돌아가 딴청을 피웠다.

"아빠, 문자 오는 것 같던데?"

그러자 아빠는 쏜살같이 달려와 휴대폰을 낚아채 갔다. 속도가 족히 시속 180킬로는 될 것 같았다. 맙소사, 하느님 도대체 이게 무슨 일입니까.

아빠는 휴대폰을 열면서 베란다로 나가더니 문을 닫았다. "뭐야?"라고 소리쳐 봤으나 아빠와 나 사이는 이미 단절된 뒤였다.

이러한 아빠의 이상 행동에 대해 누군가와 대화라도 나누지 않으면 견디지 못할 것 같아 내 방으로 들어가 고모에게 전화를 걸었다. 나는 다짜고짜 이렇게 일러바쳤다.

"아빠가 어떤 아줌마랑 커피 마시고 들어와서 지금은 문자 해요."

그렇게 말하면 적어도 내 편을 들어줄 줄 알았다. 최소

한 '그러니? 좋은 사람 같니 나쁜 사람 같니?'라고는 물어 볼 줄 알았다. 하지만 고모의 첫마디는 내 예상을 빗나갔을 뿐 아니라 큰 충격을 안겼다.

"네 아빠 이제 재혼해야지, 이대로는 살 수 없는 거 아니니?"

헉. 나는 위기 상황임을 감지하고 즉각 받아쳤다.

"이렇게 사는 게 뭐 어때서요?"

그러자 고모가 버럭 쏘아붙였다.

"그게 사람 사는 거니? 사는 거야?"

"사는 게 아니면 죽기라도 했다는 거예요?"

"죽은 것보다 나은 게 뭐가 있어? 세상에 그 어려운 회사에서 종일 시달리고 집에 들어오면 반겨 주는 사람이 있니, 밥 한번 차려 주는 사람이 있니? 네 아빠는 오히려 네 밥까지 차려 줘야 하잖아. 청소에 빨래도 수시로 해야 하고……. 그리고 얘, 지난번에는 칼질하다가 손도 베었다며? 내가 그런 말 듣고 나면 얼마나 마음이 아픈지 아니? 네 아빠가 나한테 어떤 동생인데…… 아이구, 생각만 해도…… 내가 밤이나 낮이나 얼마나 신경이 쓰이는지 내 마음 아무도 모를 거야."

아빠, 여친 생겼어? • 53

고모의 하소연을 더 듣고 있을 수가 없어 슬그머니 전화를 끊었다. 아빠에게 밥 차려 줄 사람이 필요해 재혼을 하라고 하다니, 너무 구시대적인 무개념 발언이라 짜증이 났다. 내 편을 구하려다 괜히 무차별 공격만 당한 격이었다. 어제 술 취한 아빠가 왜 버스 정류장에서 열 발자국쯤 되는 거리를 왔다 갔다 했는지 알 것 같았다. 이쪽으로 가야 하나, 저쪽으로 가야 하나. 그건 아마도 자식을 돌봐야 하나 새 아내를 따라가야 하나, 그런 고민이 아니었을까.

침대에 코를 박고 엎드리자 저절로 눈물이 터져 나왔다. 하지만 오래 울고 있지는 않았다. 고모 말대로면, 지금 밥 해 주고 빨래해 주는 사람이 필요하다는 거잖아?

"까짓, 하면 되지. 내가 한다고!"

지금부터 나는 잇몸이야

30분쯤 지나 거실로 나갔더니 아빠는 아직도 베란다에서 등을 보인 채 앉아 있었다. 문자질이 답답했는지 아예 통화를 하는 중이었다. 말을 하는 표정에는 스스럼이 없었다. 기가 막히고 코가 막힌다는 것은 이런 경우를 두고 하는 말 아닐까.

내가 거실로 나온 이유는 빨래하고 청소하는 아이가 되자는 마음에서였지만, 우선은 아빠와 아줌마가 무슨 이야기를 주고받는지 알아야겠다는 마음이 앞섰다. 베란다 문을 몰래 1센티만 열어 놓고 귀를 기울였다.

"60대 초반이면 아직 한창 나이신데 어떡하냐, 정

말······."

　가만히 들어 보니 누가 돌아가셨다는 말이었다. 대화를
나누는 상대는 고등학교 동창 같았다. 저녁에 보자는 말
과 함께 화환에 적을 문구를 의논하는 것 같았다. 얼른 열
어 놓은 베란다 문을 닫고 도로 들어와 세탁기 앞으로 갔
다. 바구니에 쌓아 둔 빨래를 세탁기 안으로 마구 집어넣
고 있는데, 아빠가 등 뒤에 나타나 소리를 질렀다.

　"야, 야, 안 돼!"

　내가 흠칫 놀라 돌아보기도 전에 아빠가 다급히 말했다.

　"아우 자식아! 이게 뭐야, 왜 이러는 거야?"

　그러면서 한다는 말이 혹시 오줌 쌌느냐고 물었다. 오
줌 싼 팬티가 있으면 정직하게 말해야지 빨래 속에 숨기면
다른 빨래들은 뭐가 되느냐며 소리를 지르는 게 아닌가.
누가 들을까 겁이 나서 나도 모르게 뒤를 살폈고 거실 안
을 두리번거렸다. 혹시라도 공명지가 들어와 있을 수도 있
는 일이었다. 공명지한테 걸리면 전교에 소문이 난 거나 마
찬가지가 된다. 공명지는 나한테서 그런 흠을 잡아 퍼트리
기 위해 내 주변을 어슬렁거리는 애다.

　"아니거든. 아빠가 빨래를 안 하니까 나라도 하려는 거

잖아."

믿을 수 없다는 듯이 내 얼굴을 힐끗 노려본 아빠는 거짓말하는 것 같지는 않다고 느꼈는지 근엄한 목소리로 "빨래는 아무나 하는 줄 알아?"라고 하더니 나를 뒤로 밀쳐 냈다.

"빨래하고 싶으면 잘 봐."

아빠는 세탁기에서 빨래를 다시 꺼내 분류하기 시작했다. 수건과 팬티와 러닝이 한 세트로 먼저 세탁기 안으로 들어갔고 양말은 셔츠나 바지 종류와 함께 바구니로 들어갔다. 빨래를 두 번 돌려야 한다는 이야기였다.

먼저 넣은 빨래에 세제를 넣고 물 높이를 맞춘 아빠는 '작동'이라는 버튼을 누르더니 나더러 안으로 들어가라고 했다. 내가 버튼을 잘못 만지기라도 할까 봐 겁나는 눈치였다. 한번은 소량의 빨래에 물 높이가 10인 채로 세탁기가 돌아간 적이 있었는데 아빠는 아직까지 그게 내가 한 짓이라고 믿는다.

거실로 돌아와 시계를 보았더니 오후 4시가 조금 넘었다.

"나 김치찌개 끓이는 법도 알고 싶어."

무심코 그런 말이 튀어나왔다. 아빠가 왜냐고 물었을 때

머리에 탁, 하고 불이 켜졌다. '아빠 재혼하면 나 혼자 자취해야 하잖아, 배워 두려고.' 이렇게 대답한다면 아빠가 어떤 반응을 보일까. 어구구구 내 새끼, 하면서 안아 줄 일은 없겠지만 그래도 미안한 마음에 당황스러운 표정을 짓지 않을까. 7초가량 망설였으나 끝내 그런 말까지는 나오지 않았다. 정말 나 혼자 살아야 할 일이 생긴다면? 흑. 상상하고 싶지 않은 일이다.

"오늘 저녁에 김치찌개 먹고 싶다는 뜻이야?"

나는 그렇다고 얼버무리고 말았다. 사실 김치찌개 레시피는 인터넷으로 검색하면 다 나온다. 꼰대처럼 가르쳐 줄 아빠에게 배우는 것보다 훨씬 나을 것이다.

"돼지고기 사다 놓은 거 있어?"

여차하면 사러 갔다 올 수도 있겠지만 '방금 만나고 들어온 아줌마에 대해 말해 주면'이라는 조건을 내걸 작정이었다. 아빠가 만나는 사람이라면 나도 알 권리가 있는 거 아닐까. 내가 감당할 수 없는 말이 나올까 봐 두렵지만 자세히 알고 싶다.

하지만 아빠는 내 머릿속의 계획대로 움직이지 않았고, 내가 이도 저도 아닌 채 미적거리는 사이 청소기를 잡고 돌리기 시작했다. 장례식장에는 저녁 8시까지 갈 것이고 거기서 밤을 새우고 내일 아침이나 되어야 들어올 거란다. 나는 요리조리 청소기를 피해 다니다가 안 되겠다 싶어 보조 역할을 자처했다. 창문을 열고 식탁 의자를 올렸으며 바닥에 굴러다니는 것들을 정리했다.

'이가 없으면 잇몸이지.'

빨래하고 밥할 사람이 없으면 아들인 내가 하면 된다. 아빠는 돈을 벌고 나는 살림살이를 책임지고. 그것으로 가족은 완성되는 게 아닐까.

'지금부터 나는 잇몸이야.'

그렇게 결심하고 났더니 기분이 매우 상쾌해졌다. 빨래하고 밥하는 일을 잘하면 아빠 역시 현실에 만족할 가능성이 높다. 엄마를 자주 화나게 했던 것으로 보면 아빠는 결코 여자들이 좋아할 만한 타입은 아니었다. 누구보다 아빠 스스로가 너무 잘 알고 있는 일이다.

내친김에 물걸레를 만들어 밀대에 끼웠더니 아빠가 돌리던 청소기를 멈추고 눈을 휘둥그레 떴다. 너 미쳤구나, 하는 그런 표정.

"뭐 하는 거야?"

"아빠가 청소기 밀면 내가 걸레로 닦을게. 청소하는 거 나도 배워야지."

"김치찌개 끓이는 법도 배우고 청소도 배울 참이야? 공부는 언제 하려고?"

"에이, 공부야 뭐 쉬엄쉬엄해도 기본은 하지. 아빠 닮아서 머리가 되잖아."

"자식. 아빠 닮아서 말도 잘하네."

"집안일이라는 게 아빠 아니면 내가 해야 할 일들인데 너무 아빠 혼자 다 한 것 같아. 이제부터는 청소하고 밥하는 건 내가 책임질게."

"고맙기는 하다만, 됐다. 농담이라도 그런 소리 마라."

"농담 아닌데."

"됐어, 자식아."

그러더니 갑자기 청소기를 바닥에 팽개치듯 내려놓고는 나더러 방으로 들어가 공부하라고 떠밀었다. 싫다며, 이제부터 살림을 배울 거라고 했을 때는 갑자기 표정이 달라졌고 소리를 지르는가 싶더니 여지없이 잔소리가 터졌다.

"사내자식이 공부로 1등 할 생각을 해야지, 밥하고 빨래하는 걸 배우겠다고? 차라리 학교 그만 다니고 취직하겠다고 하지 그래?"

마지막 말은 아무리 봐도 자기 아들 같지 않다는 소리였다. 그 말에 울컥한 나도 맞고함을 쳤다.

"아빠 아들이 아니면 누구 아들이라는 건데? 뭐 출생의 비밀 같은 거, 그런 거라도 있다는 거야?"

내 방으로 돌아와 숨을 씩씩 몰아쉬었다.

'잇몸은 개뿔.'

내 마음도 몰라주는 아빠가 밉고 원망스러웠다. 특히 내 아들 같지 않다는 말은 참아 내기 힘들었다. 예전에 성적이 심하게 떨어졌을 때도 그런 말을 한 적이 있다.

공부를 못하면 내 아들이 아니고
피시방을 자주 가도 내 아들이 아니며
순대국밥을 못 먹으면 더더욱 내 아들이 아니다.

그게 아빠가 자식에게 꺼내 드는 삼지창이라니.

'좋아하는 아줌마도 생겼으니 나 같은 건 버리고 싶다, 이거지?'

어쩌다 생각이 거기까지 뻗쳤을까. 손에 집히는 대로 아무거나 잡고 책상을 내리쳤는데 뭔가 뚝 부러지는 소리가 들렸다. 정신을 차리고 보니 내가 잡았던 연장은 아빠 회사에서 사은품으로 나온 볼펜이었다. 진짜 놀란 건 망가진 게 볼펜이 아니라 책상 위에 씌워 놓은 두꺼운 유리라는 것을 알았을 때였다. 만화에서 본 번개의 윤곽이 두꺼운 유리판 위에 선명하게 새겨져 있었다.

약 5분간 책상 의자에서 앉았다 일어섰다 하면서 다각적으로 이 위기를 헤쳐 나갈 궁리를 했으나 방법을 찾을 수 없었다. 유리는 금만 간 게 아니어서 갈라진 부분에 뭔가를 붙이는 정도로는 해결이 되지 않았다. 결국 유리를 몽땅 들어내 감추는 수밖에 없었다. 큰 덩치의 유리는 책꽂이 뒤로 밀어 넣고 작은 조각들은 모아 서랍에 넣었다. 운이 좋으면 아빠가 눈치채지 못할 수도 있다.

팥쥐 엄마 프레임

내 이야기에 자꾸 공명지가 나오는 거 나도 못마땅하다. 누군가는 사귀는 거 아니냐고, 혹시 공명지와 그렇고 그렇게 되어 가는 거 아니냐고 오해하기도 한다. 나는 그럴 때마다 항상 이렇게 말한다. 나는 공명지처럼 드센 애를 좋아하지 않는다. 공명지는 드세기만 한 게 아니다. 학교에 가지 않는 주말에는 거의 씻지도 않고 동네를 돌아다니는 건 기본이고 구멍 난 추리닝 바지를 아무렇지도 않게 입고 다닌다. 건들거리며 길에 굴러다니는 페트병을 걷어찼다가 어떤 아주머니의 유모차 위로 떨어져 머리채를 잡힐 뻔 한 적도 있다. 유모차 안에는 공명지보다 훨씬 깔끔하게 세팅

하고 나온 개 한 마리가 타고 있었다.

공명지는 벌레들도 무서워하는 존재다. 벌레 사냥꾼이기 때문이다. 벌을 맨손으로 때려잡는 것도 자주 봤다. 황당한 건 그러다가도 며칠 지나 괜히 엄살을 떨면서 약한 척쇼를 하기도 한다. 자기 엄마가 생수 사 오라는 심부름을 시켰는데 좀 들어 달라고 해서 가 보면 제집 앞 편의점에서 팔짱을 낀 채 나를 기다리고 있다. 그 편의점에서 공명지네 빌라 엘리베이터까지는 정말 20초면 닿는 거리다. 자전거 바퀴가 웅덩이에 빠졌으니 와서 꺼내 달라는 것은 비 온 뒤에 날아오는 단골 메시지다. 우리 집에는 왜 오는 거냐고? 공명지가 우리 집에 들어오는 건 일방적인 것이지 내가 초대한 게 아니다.

방금 전에는 내가 먼저 전화한 거 맞다. 하지만 분명한 이유가 있었다. 우리 아빠가 만난 아줌마가 어떻게 생겼는지 알고 있는 것은 공명지뿐이었으니 말이다.

"못생겼어."

내가 그 아줌마 예쁘냐고 물었더니 생각할 것도 없다는 듯이 단칼에 잘랐다.

"게다가 패테야."

"패테가 뭐야?"

"패테도 몰라? 패션 테러리스트."

"아, 알아."

"바보."

"누구만큼? 양숙자 선생님? 아님 김건영 선생님?"

"하필이면 우리 학교 선생님들하고 비교를 하냐, 기분 나쁘게."

"응?"

"너희 아빠보다 심각해. 신경 굉장히 쓰는데 내가 딱 싫어하는 스타일."

"아."

참고로 말하면 공명지의 꿈은 학교 선생님이다. 나를 가르치듯 하는 데에는 다 이유가 있다. 꿈을 위해 지금부터 연습 중이라나 뭐라나. 그런데 왜 그 연습을 나한테 하는지는 모르겠지만.

"우리 학교 선생님들이야 그래도 되니까 그런 거고."

"엥? 그래도 되는 사람이 따로 있는 거야?"

공명지는 에효, 하고 한심하다는 듯이 숨을 몰아쉬었다.

"키가 되잖아. 키가 큰 사람은 뭘 입어도 상관이 없는 거야, 안 그래?"

"어, 뭐."

그 뒤로 한참 동안 양숙자 선생님 얼굴에 손바닥만 한 보라색 점 있는 거 아느냐고, 그걸 가리기 위해 화장할 때마다 비비 쿠션 반 통을 쓴다며, 월급 받아서 대부분 화장품값으로 들어간다더라, 하는 괴소문에 관해 쏟아 놓았다. 목소리는 얼마나 크고 우렁찬지 나는 계속해서 이어폰을 이쪽 귀에 댔다가 저쪽 귀에 끼웠다가 했지만 감히 공명지의 수다를 끊지는 못했다. 잘못 끊었다가는 보복이 뒤따르는데 국어나 영어 같은 과목 필기와 출제 하이라이트 요약본, 그리고 요점 정리 페이퍼를 안 보여 준다는 것이다. 그건 아무래도 너무 치명적인 손해인지라 말도 안 되는 수다를 늘어놓아도 참고 또 참아야 한다. 페이퍼 때문에 공명지는 언제나 나에게 갑이고, 시험 기간에는 뜬금없이 협박성 광고 문자도 보낸다. 내 휴대폰 문자에 저장되어 있는 메시지 하나를 보고 나면 누구라도 공명지가 얼마나 얄미운 애인지 알게 될 것이다.

정말 웃기는 건 맨 마지막에 적힌 이런 문구다.

010-0000-0000는 공명지의 휴대폰 번호다. 처음에는 망설이지 않고 수신 차단을 해 버렸으나 이미 줬던 페이퍼 내놓으라고 하는 바람에 할 수 없이 민트초코버블티를 사 주지 않을 수 없었다. 그러니 수신 차단 어쩌고 하는 것은 그냥 장식용 문구인 거다. 자신이 민트초코버블티를 얻어 마신 게 강요는 아니라는 것을 우기기 위해 갖다 붙인 알리바이에 불과하다. 에이, 치사한 gigi 버블(gigi는 내 휴대폰에 저장된 공명지의 이름이다) 같으니라고.

어쩔 때는 그냥 못 본 척하고 답을 안 하는데, 그러면

스팸 문자처럼 커다란 물음표를 만들어서 내가 반응을 보일 때까지 계속 보낸다. 다급할 때는 그 물음표가 커졌다가 작아졌다가 한다.

공명지가 양숙자 선생님 썰을 풀 때 딴생각에 몰두해서인지 오늘은 통화 시간이 좀 쉽게 갔다. 손바닥만 한 얼굴 점이 그나마 희미한 이유는 레이저 수술을 수없이 거쳤기 때문이라는 정보를 마지막으로 마침내 양숙자 선생님 썰이 끝날 기미가 느껴져 희망에 차 있는데, 갑작스러운 질문 하나가 툭 날아왔다.

"지금까지 네가 읽은 책 중에서 계모 이야기 다 대 봐."

방심하고 있다가 깜짝 놀라 대답을 머뭇거렸더니 빨리 대 보라고 난리였다.

"어, 그러니까 콩쥐팥쥐전, 장화홍련전 그리고…… 어."

"어휴, 그렇게 평소에 책 좀 읽으랬잖아. 말을 안 들어요, 말을."

"쳇. 지도 안 읽으면서."

"나는 책 많이 읽거든. 독서 기록장 번호가 벌써 몇 번째인지 아니?"

"너 그 책들 실제로 다 읽은 게 아니라 인터넷 서점 들어가 대충 내용 파악하고 짜깁기해서 쓴 거잖아. 지난번에 국어 선생님한테 들켜서 혼났다고 소문났던데?"

"뭐라고? 야, 안수영! 네가 봤어? 봤냐고?"

당장 전화 끊고 우리 집으로 달려올 기세였다.

"뭐, 직접 본 건 아니지만……."

"직접 본 것도 아니면서 왜 사실처럼 말하는 건데? 너의 그런 태도가 상대방한테 얼마나 큰 상처를 주는지 알고 하는 소리니?"

어휴. 잘못 걸렸다. 또 선생님 말투 나왔다. 하지만 미안하다는 소리는 도저히 나오지 않았다. 왜냐하면 나는 결코 빈말이나 헛소리를 한 게 아니었기 때문이다. 정확히 팩트만 말했다.

공명지는 나한테 분명히 이렇게 말한 적이 있다.

"야, 이 바쁜 세상에 미련하게 누가 책을 일일이 다 읽고 독서 기록장을 쓰니? 책 제대로 읽는 법 가르쳐 줄까?"

그러면서 한다는 말이 읽어야 할 책의 신문 기사와 독자들의 리뷰, 그리고 책을 만든 출판사가 소개한 글들을 읽고 나면 아우트라인이 잡힌다고 했다.

"아우트라인은 바로 그 책의 핵심 내용이야."

그렇게 말했을 때 나에게 튄 폭우 같은 침방울을 지금도 생생히 기억한다.

"핵심 내용을 파악했으면 그다음 단계는 그걸 쪼개는 거야. 된다 안 된다, 혹은 좋다 나쁘다, 대세다 아니다, 아니면 찬성과 반대, 이런 식으로."

"흠."

"다음 단계는 그걸 가지고 이야기해 보는 거야."

"누구랑?"

"친구랑 이야기해 보면 제일 좋겠지만 그게 쉽니? 그 책에 관심이 없는 애랑 무슨 대화를 나누겠니?"

"그럼?"

"가장 좋은 방법은 그 책을 읽고 리뷰를 쓴 사람 글에 댓글을 달아 보는 거야. 어린 학생인 척하면서 미심쩍은 걸 질문하면 그 사람들은 대부분 친절하게 설명해 줘. 긴 대화가 이어질 수 있다면 대박인 거지."

"그 시간에 차라리 책을 읽고 말겠다."

그때 눈치챘어야 했다. 공명지가 독서 기록장에 쓸 내용을 확보하기 위해 국어 선생님에게 아는 척 말을 걸었다가 책을 실제로 읽지 않았음이 들통나고 말았다는 것을. 흠,

흠. 공명지 요 사기꾼 같으니라고.

"리뷰에 댓글을 달았는데 아무런 답이 없거나 짤막한 대답을 해서 대화가 이어지지 않는다면? 사람들은 대체로 모르는 사람과는 말을 잘 섞지 않으니까 그런 일도 생기지 않을까."

"그때는 최후의 방법이 있어."

"어떤?"

"대화를 혼자 하는 거야. 대신 연습 글을 써 가면서."

"헐."

정말 지독한 사기꾼 이론이 아닐까 싶다. 어쨌거나 그렇게 꼼수를 나한테 떠벌려 놓고 언제 그랬냐는 듯이 큰소리로 부인하는 저 공명지를 심판받게 하고 싶은데, 그러려면 어디 가서 고발해야 하는 걸까. 게다가 저런 태도로 학교생활을 하면서도 성적은 상위권이라 모범생 행세를 한다. 나중에 공명지가 나보다 더 좋은 대학 가고 나보다 월급 더 많이 받는 회사에 취직하면 진짜 속상할 것 같다. 그렇게 한참 딴 얘기를 하다가도 휙, 하고 본론으로 돌아오고 마는 것이 공명지였다.

"번역서 중에도 계모 이야기 많잖아."

"아 생각났다. 헨젤과 그레텔도 그렇지?"

"어이구, 겨우 그거냐."

"그거라도 생각난 게 어디야."

"잠깐!"

"응?"

"너 콩쥐팥쥐전은 제대로 읽었냐?"

"다, 당연하지. 세상에 콩쥐팥쥐전 안 읽은 중딩도 있냐?"

"그림책으로?"

"아니거든. 지금 우리 집에 책도 있는데 인증 사진 찍어서 보내 줘?"

"알았어. 믿을게. 콩쥐팥쥐전은 당연히 읽었어야지. 그것도 안 읽었다면 중딩이 아닌 게 아니라 사람이 아닌 거야."

아빠는 툭 하면 나더러 자기 아들이 아니라고 하고, 공명지는 툭 하면 사람이니 아니니 운운한다. 정말 극단적인 사람들이다.

"너 그거 아니?"

"뭐?"

"팥쥐 엄마 프레임. 알고 보면 그거 진짜다."

와우. 나는 아무 말을 못 했다. 공명지가 최근 신문이나 티브이에 나온 ○○ 계모 사건, ×× 계모 사건 같은 뉴스를 일일이 주워섬겼기 때문이다. 의붓자식을 여행 가방에 넣어 깔고 앉았다는 것과 양부모에게 학대당해 갈비뼈가 부러지고 장기에 구멍이 뚫려 사망한 아이의 끔찍하고 가슴 아픈 이야기는 나도 익히 알고 있는 내용이었다. 그런데 내가 왜 이런 이야기에 빠져들고 있는 걸까. 다 공명지 때문이다. 팥쥐 엄마 프레임이니 뭐니 하며 떠든 덕분이다. 도대체 공명지는 내 친구가 맞는 걸까?

수상한 방문객

그로부터 약 20일을 심각한 고민과 갈등에 시달렸다. 팥쥐 엄마 프레임이 진짜라는 공명지의 경고가 머릿속에서 떠나지 않았기 때문이다.

'계모가 들어와 커다란 여행 가방에 넣어 깔고 앉으면 어떻게 하지?'

'그때는 당연히 공명지한테 SOS를 쳐야지.'

내가 혼잣말로 주고받은 나와 나의 대화였다. 아무리 생각해도 위기가 닥쳤을 때 나를 도울 구세주는 공명지뿐인 것 같다. 그런데 공명지는 자꾸 나를 자극하는 말만 골라서 한다. 심지어는 이런 논리도 폈다.

"너희 아빠와 너 둘만 있을 때는 네가 왕이야. 너희 아빠는 너를 위해 살고 너를 위해 회사에 나가 돈을 벌어. 한마디로 아침에 침대에서 일어나는 이유는 너를 먹여 살리기 위해서인 거지. 하지만 이 관계에 제삼자가 끼어들어 새로운 가족이 되면 판세가 완전히 바뀌어 버리는 거야. 그때는 너희 아빠와 너희 아빠가 좋아하는 아줌마 두 사람이 자전거의 두 바퀴가 되는 거야."

"자전거의 두 바퀴? 그럼 나는 뭔데?"

"넌 자전거 뒷바퀴에 묻어 있는 먼지 조각이나 흙덩이, 아니면 개똥 같은 존재인 거지."

"뭐, 개똥?"

"그래, 우리 동네 산책길에 자기 개가 눈 똥도 안 치우는 사람이 얼마나 많니. 넌 자전거가 지나가다가 재수 없게 밟은 개똥인 거야."

"아무리 그래도 너무 심한 말 아니야?"

나는 공명지가 자꾸 평소에 하고 싶었던 욕을 하는 것만 같은 이 불쾌한 대화에 묘하게 말려들었다.

"심한 게 아니라 정확한 표현인 거지. 넌 그 말을 받아들이고 이해해야 할 거야."

"왜 나는 바퀴가 될 수 없다는 거야? 더구나 나는 이제 다 컸잖아. 내가 앞바퀴하고 아빠는 뒷바퀴 그 아줌마가…… 뒷바퀴에 묻은 개똥 하면 안 돼?"

"안 돼."

"왜?"

"두 사람이 비밀스러운 대화를 주고받을 수 없잖아. 아무리 작게 이야기해도 너한테 다 들릴 테니까."

"칫."

한 번 격하게 혀를 차기는 했지만 더 이상 대꾸할 말이 없었다. 듣다 보니 또 너무 맞는 이야기였기 때문이다. 결국 내가 기낄 수 있는 방법은 나 스스로 잇몸이 되는 수밖에 없었다. 아빠가 퇴근해 돌아오기 전에 티 나지 않게 청소를 했고 세탁기를 돌려 빨래를 널기도 했다. 고모가 순대국밥을 가져오면 부리나케 달려 나가 받아왔다. 하지만 그것만으로는 불안했다.

그러던 어느 날이었다.

학교 원격 수업이 끝나 잠시 티브이를 보고 있는데 누가 초인종을 누르기에 나가 봤더니 모르는 여자분이 정장 차림으로 서 있었다. 어깨까지 오는 머리는 뒤로 묶은 채였고 안경을 쓰고 있었다.

"안녕, 네가 수영이니? 나는 너희 아빠가 보낸 과외 선생님이야."

아니라고, 잘못 찾아왔다고 손을 내저으며 문을 닫으려고 했더니 이 수상한 방문객이 양손으로 현관문을 잡고 못 닫게 가로막았다. 어? 깜짝 놀라지 않을 수 없었다. 내가 문을 닫으려는 이유는 학습지 영업 사원이라고 생각했기 때문이다.

"너 수영이 아니야? 안수영."

학습지 영업 사원이라면 내 이름을 정확히 알 리가 없다. 그 사람들은 무작위로 초인종을 누르지도 않고 아이들 이름을 알고 있는 것도 아니다.

"안수영이 맞기는 한데요, 저는 과외를 안 해요. 앞으로도 할 생각이 없어요."

됐죠? 하면서 다시 문을 닫으려 했으나 이번에는 구둣발 한쪽이 현관문 안으로 들어와 있어 실패하고 말았다. 굽 높은 자주색 하이힐이었다. 이상하지만 대단하다고 생각하며 서 있는데 하이힐에게서 곧장 이런 말이 날아왔다.

"좀 들어가도 되지?"

"아니요."

"너희 아빠가 보냈다니까."

"전 아무 말 못 들었어요. 그래서 안 돼요."

절대 못 들어온다며 온몸으로 문을 막아섰다. 이름을 안다고 다 되는 게 아니다. 어른도 없는 집에 초인종을 누르고 과외 선생이라며 들여보내 달라고 하면 누가 문을 열어 줄 줄 알고? 내가 유괴범이 과자 사 준다고 꼬드기면 따라나설 어린아이도 아닌데.

"제가 전화로 확인해 볼게요."

"그래, 문 닫지 말고 여기서 확인해 봐."

하이힐은 현관문 잡은 손을 놓지 않았다.

"휴대폰이 안에 있는데요?"

"그럼 문 열어 놓고 가지고 나와."

우리 집 문을 내가 맘대로 열고 닫지도 못한단 말인가. 자기가 뭔데 닫으라 마라야. 나는 안으로 들어가 휴대폰을 찾았으나 바로 나오지 않고 문자부터 보냈다. 물론 아빠한테 보낸 것은 아니었다.

야, 공명지, 우리 집에 빨리 와 봐. 이상한 사람이 와서 막 안으로 들어오겠대.

무서우니까 빨리 와, 알았지?

그렇게 써서 보내기는 했으나 안심이 되지 않아 통화 버튼을 누르고 연결이 되자마자 얼른 속삭였다.

"야, 공명지! 큰일 났어. 우리 집으로 빨리 뛰어와."

그런 다음 공명지 목소리는 듣지도 않고 전화를 끊었다.

돌아서서 현관으로 나가려고 하는데 어느새 하이힐은 집 안으로 들어와 있었고 현관문도 닫혀 있었다. 총만 안 들었지 강도가 따로 없었다. 설마 저 하이힐이 흉기? 그래도 사람을 해칠 것 같지는 않은데, 아니다. 사람 일은 모른다. 큰일 났구나 싶어 아빠 휴대폰으로 얼른 전화를 걸었으나 신호만 가고 연결은 되지 않았다.

"안 받는데요?"

그러면 나갈까 싶었는데 아니었다.

"그래? 내가 해 볼게."

하지만 하이힐이 전화를 걸었을 때도 받지 않았다.

"나중에 다시 오세요. 지금은 집에 저 혼자밖에 없어서 안 돼요."

나는 최대한 침착한 척하며 문을 열어 주기 위해 먼저 현관으로 나갔다. 그러자 하이힐이 와하하하 웃더니 이렇게 말했다.

"어머 얘, 내가 뭐 잡아먹기라도 할까 봐 그러니. 나 육식 안 좋아해."

"네?"

"사람은 안 잡아먹는다고."

말문이 탁 막혔다.

"채식주의자는 아니지만 나, 고기 별로 안 좋아해. 더구나 사람 고기라니 상상만 해도 끔찍스럽다, 얘."

'제가 볼 때는 아줌마가 더 끔찍스러운데요.'

하지만 입으로 내뱉지는 않고 발만 동동 굴렀다. 하이힐은 여유 만만했다. 천천히 거실 안을 둘러보았고, 벽에 걸린 것들까지 살펴보았다. 장식장 옆에 놓인 이집트 문양 호리병은 손으로 들고 주둥이 안을 기울여 보았다. 뭘 들고 갈까 하는 표정이었다.

하이힐이 장식장을 지나 부엌 쪽을 탐내면서 다가가고

있을 때였다. 마침 현관문이 열리더니, 공명지가 안으로 들어왔다. 놀랍게 오늘도 머리에 사과 꼭지를 단 채였다. 뛰어왔는지 숨을 쌕쌕 몰아쉬었다. 구세주를 만난 것 같은 느낌에 나는 얼른 공명지 뒤로 가서 숨었다. 아니, 숨은 건 아니고 공명지 뒤로 가서 공명지를 내 부하처럼 앞세웠다.

"들어오지 말라고 하는데 막 쳐들어온 거 있지."

들릴까 말까 하게 속삭였는데 공명지는 알아들은 모양이었다. 거실 안의 상황까지 쉬익, 훑어본 공명지가 이렇게 말했다.

"아줌마가 여긴 웬일이세요?"

마치 아는 사람을 대하는 말투였다.

"그러는 넌 누구니?"

"당연히 이 집 딸이죠. 수영이 누나 수경이에요. 왜요?"

"그래? 난 딸이 있다는 이야기는 못 들었는데."

"당연히 못 들었겠죠. 아줌마, 우리 아빠랑 데이트하는 분이시죠? 우리 아빠가 딸이 있다는 말은 숨겼나 보네. 자식이 둘인데 하나뿐인 거라고 말한 건가 봐. 아무리 말썽 피우는 자식이라도 그렇지, 날 없는 자식 취급하다니. 아놔, 완전 빡치네."

그 뒤 공명지가 하이힐 가까이 다가가 한 일은 킁킁 하고 냄새를 맡아 보는 것이었다. 왜 그러는지는 정확히 알 수 없지만 그건 공명지의 습관이기도 하다. 공명지는 사람에게는 저마다 고유의 냄새가 있는데 그걸 맡아 보면 그 사람이 좋은 사람인지 아닌지 단번에 알아볼 수 있다고 했다. 아마 하이힐을 분석 중인 것 같았다.

"아줌마도 속으셨구나."

냄새를 다 맡은 공명지가 뒤꿈치를 들어 키를 부풀리고 나더니 하이힐 주변을 한 바퀴 빙 돌았다. 하이힐은 피하기는커녕 눈을 맞추려는 듯 공명지를 따라 반대 방향으로 돌았다.

"응?"

"우리 아빠가 애 둘이 아니라 하나라고 한 거 맞죠?"

"어, 뭐."

"저 올해 고1인데 담배 피우고 술 마시다 사고 쳐서 경찰서에 끌려간 적도 있어요."

"저런."

"그래서 아빠가 숨겼나 봐요. 창피하니까. 문제는 그렇게 속은 게 아줌마가 첫 번째가 아니라는 거예요. 올해만 벌써 다섯 번째?"

그러면서 은근슬쩍 나를 쳐다보면서 동의를 구했다. 나는 차마 맞아, 라고는 못하고 슬그머니 시선을 피한 채 소파 쪽으로 갔다. 공명지가 아줌마를 향해 "정신 차리시고 우리 아빠한테서 얼른 도망가세요."라고 하는데 전화벨이 요란하게 울렸다. 내 휴대폰은 아니었다. 전화를 받은 사람은 하이힐이었다.

"여보세요. 네, 안 선배. 방금 집에 왔는데……. 수영이 바꿔 줄 테니까 직접 말씀하세요."

그러더니 휴대폰을 나에게 넘겼다. 아빠가 말했다.

"수영아, 굉장히 실력 있는 과외 선생님이야. 안으로 모시고 음료수 한 잔 드려라. 그런 다음 공부 시작해. 아빠 지금 회의 중이라 길게 통화 못 한다."

그러더니 거짓말처럼 전화가 뚝 끊어졌다.

"여보세요? 여보세요, 아빠?"

이럴 때 내가 자주 하는 말이 기가 막히고 코가 막힌다는 거다. 나는 자포자기 심정으로 소파에 털썩 주저앉았다. 하지만 아무리 생각해도 과외는 아니다. 무엇보다 내가 다니는 학원에 나는 아무런 불만이 없었다.

매운 떡볶이와 만두

사건의 열쇠를 쥔 아빠가 그런 식으로 전화를 끊고 나자 남은 사람끼리 문제를 해결하지 않을 수 없었다. 잠깐의 침묵이 있고 난 뒤 가장 먼저 입을 연 것은 공명지였다.

"아줌마. 정신 차리고 그만 가세요. 그리고 다시는 오지 마세요."

그러고는 자기도 바쁘다며 발을 동동 굴렀다.

"저 지금 노는 오빠들이랑 당구장에서 당구 치다 왔거든요. 판돈이 걸려 있는 게임이어서 빨리 가 봐야 해요. 그러니까 아줌마도 얼른 가세요."

공명지의 발 연기 때문에 웃음을 참느라 최대한 기분 나쁜 생각을 하려고 잠시 순대국밥을 가지러 나오라는 고모를 떠올려야 했지만, 후드 티 주머니에 손을 넣은 채 짝다리를 짚고 읊조리니까 제법 그럴듯하고 폼이 났다. 실내가 아니었다면 바닥에 침이라도 뱉었을 것 같은 분위기였다. 조금만 유심히 보면 공명지 앞머리에 달린 사과 꼭지가 그 모든 것이 허구이고 거짓말임을 드러내고 있었지만, 하이힐은 믿는 것 같았다. 진지한 표정이었고 가끔은 고개를 끄덕거렸다. 하지만 그것이야말로 나의 착각이었는지도 모른다. 잠깐의 방심을 틈타 기습 공격처럼 하이힐의 한 방이 날아왔다. 속으로 공명지의 거짓말에 잘도 속아 넘어가고 있다며 비웃는 나를 무색하게 만들 정도로 강력한 한 방이었다.

"그래? 당구를 잘 치나 보네. 어디까지 치니?"

"어디까지…… 라니요?"

"몇 점까지 쳐 봤냐고."

"잘 쳐요. 잘 친다구요."

"그러니까 몇 점?"

"다, 당연히 100점이죠."

그러자 하이힐이 우리 둘의 표정을 번갈아 살피면서 팔

짱을 끼더니 안경까지 치켜올렸다.

"너 이름이 안수경이 아니라 공명지지?"

"네?"

"아까 수영이가 너한테 전화 거는 소리 들었는데."

충격을 받은 나는 한동안 입만 딱 벌린 채 하이힐의 얼굴을 쳐다보았다. 평소에는 그럭저럭 돌아가던 머리가 얼음 상태로 멈추어 버렸다. 한참 뒤 상황을 눈치챈 나는 어떡해, 어떡해, 중얼거리면서 공명지 뒤로 숨어 그 애의 옆구리 살을 쥐어뜯었다. 그러다가 이건 너무 비겁한 게 아닌가 싶어 아찔했지만 다른 방법이 있는 것은 아니어서 아예 공명지의 등에다 내 얼굴을 파묻고 말았다. 내가 기댈 데라고는 공명지밖에 없다는 생각을 하고 있는데, 하이힐의 목소리가 성우의 내레이션처럼 집 안에 울려 퍼졌다.

"수영이 아빠한테 네 이야기 많이 들었어. 수영이가 형제도 없고 해서 외로운데 바로 이웃집에 여자 친구가 있어 든든하다고. 명지 네가 수영이를 꽉 잡아 주고 있어 엇나가지도 않고 공부도 열심히 한다며 칭찬이 자자하더라. 오늘 보니까 빈말이 아니었네. 공명지 너, 참 똑똑하고 멋지다. 맘에 들어."

그러면서 양손을 동시에 들어 올려 공명지에게 엄지척을 해 보이는 게 아닌가. 그때까지만 해도 내 정신은 어리벙벙한 상태였다. 여자 친구니 잡아 준다느니 멋지다는 말 같은 게 나와 관련된 말이라기보다는 온통 남의 이야기처럼 들렸다. 내가 바라는 것은 어서 하이힐이 문을 열고 우리 집에서 나가 주는 것이었다.

공명지의 표정을 확인하지는 않았지만 등 뒤에서 느끼기에는 왠지 모르게 흔들리는 눈치였다. 옆으로, 앞으로 한 발짝씩 내딛던 발걸음이 조금씩 뒷걸음질 치고 있는 것이었다. 하이힐은 그걸 또 알아차린 걸까. 멋지다고 한껏 칭찬을 해 놓고 곧이어 두 번째 공격을 감행했다.

"그래, 참 똑똑하고 멋지기는 한데 아무리 그래도 애, 너 지금 지나친 허세에 센 척하는 거 아니니?"

"허, 허세? 센 척이라고요?"

말은 더듬었으나 공명지가 하이힐 앞으로 딱 한 걸음 정도 오른발을 내디뎠고, 그 애의 옷자락을 잡고 있던 나도 끌려가듯이 따라갔다.

"담배 피우고 술 마시고 경찰서에도 끌려가고……. 거기다 노는 오빠들이랑 당구까지 친다고 거짓말을 하다니. 어쩜 이렇게 귀엽니? 명지 너 얼굴도 예쁘고 배짱도 있고 친구를 확실히 보호해 주려고도 하고. 암튼 훌륭하다. 그렇다면 말이야."

그러더니 공명지 주변을 반의반 바퀴 돌아와 그 뒤에 숨은 내 얼굴을 굳이 확인하는 것이었다. 눈이 마주치자마자 나는 아이 씨, 하면서 그곳을 벗어나 소파 쪽으로 갔고 스탠드형 에어컨 옆에 몸을 숨겼다. 형석이나 영훈이와 있을 때는 그렇지 않은데 이상하게도 여자들 곁에 있으면 몸 둘 바를 모르게 된다. 누군가는 이런 모습을 보이는 내가 좀 덜떨어져 보이고 남자답지 못하다고 할지 모르지만 나는 비겁하거나 나약해서가 아니라 어색한 것이다. 친구든 어른이든 여자들은 모두 다 조금씩 거북하다. 세상에서 제일 거북한 여자 어른은 바로 우리 고모다. 왜 그럴까 생각해본 적이 있는데 그건 아마 내가 여자들의 세계로부터 추방당한 소년이어서가 아닐까. 우리 엄마가 나에게 한 행동 중에서 가장 나쁜 것이 바로 그와 같은 추방이다. 미국에 가서 공부하고 싶다고 하면서 나는 왜 안 데려가는가. 다른 사람들은 그보다 어려운 상황에서 어학연수도 보내는데.

하이힐이 공명지에게 말했다.

"수영이랑 같이 나한테 과외받는 거 어때?"

"뭐라고요?"

당구장 거짓말 때문에 눈에 띄게 말수가 적어졌던 공명지가 어정쩡한 말투를 버리고 자기 페이스를 되찾았다. 아줌마가 뭔데 내게 과외를 해 준다는 거냐, 그렇게 실력이 좋냐, 하고 따져 묻는 말투였다.

"아, 과외비는 걱정 마. 수영이 아빠가 수영이 몫으로 내는 돈이면 충분해. 너는 그냥 수영이랑 같이 공부만 하면 돼. 그동안 수영이를 잘 잡아 준 것에 대한 보상이랄까. 아니면 장학생이라고 해도 되고."

"장학생? 왜 그러는데요? 나한테 왜 이러시는 거예요?"

공명지는 하이힐을 향해 두 걸음 성큼 다가갔다. "나한테" 하면서 크게 한 걸음, "왜 이러시는 거예요?" 하면서 작게 한 걸음이었다. 두 번째 걸음은 보폭은 작았지만 "왜"라고 하면서 고개를 들고 턱을 치켜세워서인지 카리스마가 여간 아니었다. 하이힐은 에구머니나, 하면서 뒤로 밀려났다. 하지만 공명지를 포기한 것 같지는 않았다.

"그냥 너랑 친구가 되고 싶다는 생각이 들었어."

"장학생이라고 했다가 이제는 친구인 거예요?"

"응. 나이 든 친구 있으면 너한테도 이득이지 손해는 아닐 거야. 그런 의미에서 우리 요 앞에 나가 떡볶이나 먹을까? 오늘은 왠지 '신토불이 떡볶이'의 매운맛이 땡기네."

그러더니 대뜸 "신토불이 떡볶이가 떡볶이 전국 랭킹 몇 위인지 아니?" 하고 물었다. 공명지가 순간 솔깃한 표정을 애써 감추고 중얼거리듯 "알 게 뭐야."라고 하자 하이힐은 "3위 안에 든단다." 하고 말했고 뒤이어 "그 정도면 이미 동네 분식집이 아니라 대한민국 문화 자산인 거야. 그러니 당장 가서 먹어 보자. 문화 체험하자고." 하면서 앞장서 현관으로 나갔다. 오늘은 자기가 쏘겠다는 말도 덧붙였다.

"하."

나는 입술에 침을 바르면서 공명지 눈치를 살피지 않을 수 없었다.

그렇게 해서 떡볶이집으로 갔냐고? 갔다. 내 입장에서는 하이힐을 바깥으로 나가게 하는 손쉬운 방법일 것 같아 대충 찬성했고, 공명지는 모르긴 해도 내적 댄스를 추었을 것이다. 신토불이 떡볶이는 공명지가 한 달 용돈에서 돈을 제일 많이 쓰는 단골 가게였기 때문이다. 그 집 떡볶이 때문에 내가 뜯긴 돈만 해도 태블릿 피시를 사고도 남을 액

수였다. 공명지는 그 집 핫도그도 좋아한다.

"여기 떡볶이 3인분하고 핫도그 세 개, 만두 한 접시요."

하이힐은 손이 큰 것 같았다. 공명지도 나도 배가 고픈 시간이기는 했지만 매운 떡볶이 1인분에다 핫도그에 만두까지 다 먹을 생각은 없었다. 게다가 만두를 한 접시나 달라고? 한 접시라면 도대체 몇 개라는 말인가.

"수업 끝나면 내가 매일 떡볶이 사 줄게."

하이힐이 말하자 공명지의 얼굴은 이미 환희가 넘쳐흘렀다. 만두가 바삭바삭한 게 진짜 맛있다는 불필요한 말도 했다. 떡볶이 한 접시에 전투력을 완전히 상실한 게 분명하다. 팥쥐 엄마 프레임은 진짜라고 해 놓고 나의 잠재적인 학대자에게 넘어가 버리고 말다니, 네가 그러고도 내 친구냐? 그나저나 하이힐은 어떻게 이렇게 공명지를 간파할 수 있었을까. 공부를 좋아하고 열심히 하지만 공명지는 집안 형편 때문에 겨우 영어 학원 하나만 다니고 있었다. 만일 하이힐이 진짜 실력 있는 과외 선생님이고 공짜 수업을 해 준다면 공명지는 말 그대로 대박 난 셈이 된다. 아무리 생각해도 오늘 일어난 일이 신기했다. 공명지의 제일 약한 고리가 먹는 것이고 그중에서도 떡볶이라는 사실은 또 어떻게 알아낸 것일까.

'우리 아빠한테 들었을 거야.'

아니라면 이럴 수가 없을 거라는 결론을 내렸지만 앞뒤가
안 맞는 점이 있었다. 하이힐이 우리 집으로 쳐들어온 것은
아빠가 시킨 일이라고 하더라도, 내가 공명지를 부를 것이
라고는 예상하지 못했을 테니 말이다.

낙원 추방

떡볶이는 하이힐과 공명지가 거의 다 먹었다. 나는 내 몫의 삼분의 일 가량을 먹었고 만두는 네 개 먹었다. 이 집 떡볶이가 맛있기는 하지만 나한테는 좀 매운 편이어서 허기를 채울 용도는 아니었다. 대신 떡볶이 소스에 만두를 찍어 먹으면 그보다 맛있는 음식이 없을 정도다. 핫도그는 입가심용이다. 하나를 다 먹고 나면 언제 매웠나 싶게 입안이 안정된다. 오늘은 낯선 사람 앞이라 만두를 평소의 반밖에 먹지 못했다.

하이힐과 헤어져 집으로 돌아오는 길에 팥쥐 엄마 프레임은 진짜라고 해 놓고 이래도 되는 거냐고 따져 물었더니,

공명지는 "그건 진짜야." 하고는 만족스러운 표정으로 입에 묻은 떡볶이 국물을 핥았다.

"떡볶이 얻어먹었다고 영혼까지 판 건 아니야."

내 귀에는 그냥 듣기 좋으라고 하는 소리로 들렸다. 공명지 말은 모두 귀담아들을 필요 없고, 반만 듣고 한 귀로 흘려보내면 된다. 하이힐이 패션 테러리스트라고 했던 것도 내가 볼 때는 터무니없는 이야기다. 하이힐이 너무 튀기는 하지만 본인의 취향은 확고해 보였다. 왠지 모르게 공명지한테 싫증이 나던 차에 뒤에서 누군가 이렇게 부르는 소리가 들렸다.

"어이, 안낙원!"

안낙원이라고 부르는데 내가 왜 돌아보았을까. 아무리 생각해도 이해가 안 간다. 자존심이 상했다. 다행인지 불행인지 나를 부른 것은 영훈이였다. 누나와 함께 케이크를 사 들고 집으로 가던 중에 나를 본 모양이다.

"안낙원?"

듣기 좋은 소리는 아니지만 심각하게 따질 생각도 없었다. 그런데 영훈이는 "낙원 낙원 안낙원." 하면서 계속 놀렸고, 내가 뭐라고 대꾸할 틈도 없이 옆에 있던 공명지가 끼어들었다.

"안수영이 안낙원이면 너는 소영혼이냐? 왜들 그렇게 유치하냐? 초등학생도 아니고 말이야."

공명지의 기세에 눌린 영훈이는 쏘리! 쏘리!를 반복해 외치면서 집으로 돌아갔다. 참고로 영훈이의 성은 소 씨다.

혼자 집으로 돌아와 거실 소파에 누웠더니 안낙원이라는 별명이 자꾸 머리에서 맴돌아 짜증이 났다. 인스타그램을 열어 이모의 계정을 찾았다.

새로 올라온 글이 두 개 있었지만 별 내용은 아니었다. 집에서 통밀식빵을 만들었다는 것과 배추를 거둬들인 텃밭에 비닐을 깔아 놓은 모습을 사진으로 찍어 올린 것이었다. 지루해서 친구들 계정으로 옮겨가 '좋아요'를 누르다가 다시 이모의 페이지로 돌아와 이전의 사진들을 일일이 살펴보았다. 이래서 SNS는 해롭다는 건가. 댓글 속에 혹시 엄마가 있을지도 모른다는 생각이 문득 들었기 때문에 어쩔 수 없었다. 그러다가 드디어 나를 긴장시키는 대화를 발견했다. 이모와 이모의 친구가 주고받는 대화였는데 거기서 '언니'라는 단어가 나왔다. 여기서 언니는 바로 우리 엄마다. 두 사람 사이에 다른 자매는 없다. 나는 이모 아이디인

'sinabro'와 이모 친구인 'blue-sky'의 대화를 유심히 들여다보았다.

> blue-sky : 언니는 요즘 어떻게 지내? 행복하지?

> sinabro : 깨가 쏟아진다. 이런 게 사는 거구나 싶대.

> blue-sky : 잘됐다 정말, 그러기가 쉽지 않거든. 낙원에서 도망쳐 진짜 낙원에 도착했네.

> sinabro : 응, 낙원에서 스스로를 추방해 얻은 결과야.

> blue-sky : 너희 언니에게는 낙원이 아니었던 거구나 ㅎㅎ

> sinabro : 너의 낙원은 나의 지옥 ㅋㅋㅋ

그러면서 '여자라고 참고만 사는 거 이제 하지 말자'라는 다짐들이 댓글로 이어졌다. 이게 다 무슨 소리지? 머리 끝이 곤두서기는 했으나 정확한 이유를 알 수 없어 댓글들을 처음부터 몇 번이고 다시 읽었다.

그때 공명지한테서 연락이 왔다. 웬일로 메시지가 아니라 전화였다.

"너 과외 할 거야?"

"과외?"

짜증이 확 솟구쳤다. 지금 낙원과 지옥만 해도 머리가 지끈거리는데, 하지 않겠다고 이미 말한 과외 이야기는 왜 또 꺼내고 난리야.

"아까 그 아줌마 말이야."

"그래서, 뭐?"

"아직 잘 가르치는지 못 가르치는지 모르잖아."

"잘 가르치면 그 아줌마한테 배우려고?"

"아니, 뭐."

"난 그냥 학원 다니는 게 편하고 좋아."

낯선 아줌마와 집에서 둘만 있는 시간을 견디지 못할 것 같다는 이야기는 하지 않았다. 사실은 그게 과외가 싫은 가장 큰 이유였다.

"일단은 너희 아빠한테 그 아줌마 실력 있는지 물어봐 줘. 학교는 어디 나오신 건지, 아이들 과외 경험은 있는지 말이야. 알았니?"

"왜? 너 학원은 안 다닐 거야?"

"그냥 물어나 봐."

공명지의 속셈이 훤히 읽혔다. 공짜 과외라는 말만 해도 혹했을 텐데 매번 떡볶이까지 사 준다니 넘어가고 만 것이다. 나는 너무 화가 나서 "과외 하고 싶으면 너나 하든가."라고 말한 뒤 바로 전화를 끊어 버렸다. 끊고 나서야 실수라는 것을 알았다. 그건 정말 좋지 않은 방법이었다. 공명지를 집으로 부르는 행동이기 때문이었다. 아니나 다를까 5분도 안 돼 공명지가 번호 키를 누르고 들어와 다짜고짜 소리를 질렀다.

"야!"

다행히 눈치가 아주 없지 않은 나인지라 아빠 방으로 들어가 책상 밑으로 몸을 숨긴 뒤였다. 오늘 저녁에는 반드시 현관문 비밀번호를 바꾸고야 말겠다는 결심을 하면서.

공명지는 집 안을 샅샅이 뒤지겠지만 감히 우리 아빠 방으로 들어오지는 못한다. 그걸 알고 있기에 마음을 편히 놓고 있었다.

잠시 후 불행하게도 아빠 방의 문이 열리고 공명지가 들어와 나에게 발길질을 하면서 빨리 나오라고 했다. 나는 거실로 끌려가고 말았다.

"이것 좀 읽어 봐 줄래? 이게 다 무슨 내용인 것 같니?"

이렇게 긴급한 상황일 때는 나의 순발력이 발휘된다. 그냥 공명지한테 기대고 의존해 버리는 것이다. 기왕 기댈 바에는 온몸으로, 전적으로, 온통 기대야 한다. 그러면 희한하게도 문제가 해결된다. 공명지가 "그게 뭐야?"라며 관심을 보이니 절반은 넘어간 거나 마찬가지다.

우리 집에 온 목적을 잊어버린 공명지가 내가 건넨 휴대폰 화면 속 이모의 인스타그램을 분석하기 시작했다. 좀 어렵고 해석이 잘 안 된다 싶을 때는 머리에 달린 사과 꼭지를 잡고 슥슥 문질렀다(흔들었다고 해야 하나). 그렇게 자극해 주면 정지된 머리가 돌아가는 모양이다.

잠깐만.

오늘은 내 머리가 좀 더 빨리 돌아갔다. 그제야 나는 내 행동이 너무 성급했다는 사실을 깨달았다. 우리 집 현관문 비밀번호까지 안다고 하더라도 공명지는 남이다. 남 중에서도 믿으면 안 되는 남인 것이다. 그런 공명지에게 내가 지금 집안 속사정을 너무 깊이 보여 주는 게 아닐까.

"이제 그만 봐."

나는 내 휴대폰을 황급히 가지고 왔다. 그러고는 얼른

말을 돌렸다.

"그냥…… 낙원에서 자기 자신을 추방한다는 게 무슨 뜻인지 몰라서 물어보려고 한 거야."

공명지는 시나브로가 누구냐고 물었고 나는 시나브로라는 단어가 신기해서 그냥 한번 들여다보다가 모르는 단어가 나와서 공부하는 셈 치고 물어본 거라고 주절주절 둘러댔다. '공부'라는 말에 갑자기 공명지의 학구열이 불타기 시작했다.

"낙원 추방? 그거 애니메이션 영화 제목이잖아. 2014년에 일본에서 제작된 SF 영화네."

어떤 내용이냐고 물었더니 직접 찾아서 보라고 했다. 공명지가 읽었다는 수많은 책처럼 보지는 않고 신문 기사나 블로그 글을 검색해 얻은 지식이 분명해 보였다.

"너 근데 아까 왜 싸가지 없이 전화를 끊어 버렸냐?"

사과 꼭지를 가볍게 흔들고 난 공명지가 갑자기 눈에 힘을 주며 말했다.

"아니야, 잘못 눌러서 전화가 끊어진 거야. 미안해."

"진짜야? 근데 왜 너희 아빠 방에 숨었어?"

"숨은 거 아니야. 난 원래 그런 음침한 장소 좋아해."

그러자 더 할 말이 없어진 공명지가 "까불면 죽어!" 하고는 드디어 자기 집으로 돌아갔다. 후유.

공명지가 돌아간 뒤 혹시나 하고 '낙원 추방'을 검색했더니 영화 바로 보기가 떴다. 천 원이라는 싼값에 끌려 다운로드하기 시작했다.

너, 참 고소하다

인류의 98%가 육체를 버리고 디바라는 가상 공간에서 살아간다는 설정이 영화 〈낙원 추방〉의 배경이었다. 인간이 전뇌화로 인해 육체의 한계를 벗었다는 것이 잘 이해되지는 않았다. 아마도 사람의 팔다리, 어깨, 가슴, 머리는 다 사라지고 DNA 정보 같은 것만 남겨 됐다는 뜻인 것 같은데, 그것도 사람이라고 할 수 있나. 이를테면 내가 USB나 칩 같은 데 들어가 있다는 뜻인 거잖아. USB나 칩으로 들어가지 못한 나의 몸은 어떻게 됐을까. 쓰레기통에 버렸나, 아니면 불태웠을까.

미리 무덤 속에 들어가 있는지도 모른다. 거추장스러운

몸은 일찌감치 장례를 치러 버린다든가 하는. 그럼 몸은 무덤에, 정신은 디바에?

뭐가 뭔지 모르겠다. 정신 나간 사람들이 하는 미치광이 짓 같다. 확실한 게 하나는 있다. 몸이 없으니 병에 걸릴 일은 없을 것이다.

반면에 가난한 사람들은 디바라는 공간에 들어가고 싶어도 들어갈 수가 없다. 돈이 없기 때문이다. 디바에 들어갈 수 없으니 몸을 그대로 가지고 살아야 한다. 이 대목에서 "지금 장난해?"라는 말이 내 입에서 저절로 튀어나온다. 뭔가 거꾸로 된 것 같다. 나는 아무리 생각해도 몸을 없애고 디바에 들어가는 게 벌칙 같고 몸을 그대로 가지고 살아야 한다는 것이 축복 같다. 그게 상식 아닐까. 초등학생 아니, 유치원생들도 아는.

어쨌거나 '낙원 추방'의 세계는 두 가지로 나뉘어 있다. 몸을 버리고 병이 없는 천국 같은 디바에서 아무 걱정 없이 살아가는 사람들의 세계와 몸을 그대로 지닌 채 감기도 앓고 암에도 걸리지만 그 몸으로 세상을 자유롭게 돌아다니면서 하고 싶은 일 다 하며 사는 사람들의 세계.

그중에 떠돌이처럼 세상을 자유롭게 돌아다니는 딩고라

는 인물이 나오는데 그는 자유를 누리기 위해서는 육체의 한계를 감내해야 한다고 말한다. 어떤 영화 리뷰에는 몸을 존중해야 한다는 식으로 그 말을 해석해 놓았다. 감기도 걸리고 코로나19 같은 전염병에도 걸리고 암에도 걸릴 테지만 몸의 존재를 무시하면 안 된다는 말 같다. 육체의 한계를 극복해야 한다……. 거기까지 이해했는데도 이모의 인스타그램에서 본 댓글이랑 연결이 잘 안 된다. 미국으로 공부하러 간 것을 두고 왜 낙원에서의 셀프 추방이라고 말하는 건가.

현관문이 띠리릭 열리는 소리가 들려 나가 봤더니, 아빠가 급하게 들어와 손에 든 기다란 것을 내려놓고 화장실로 들어갔다. 뭔가 하고 봤더니 포장지에 스탠드라고 써 있었다. 하지만 책상에 놓고 쓰기에는 사이즈가 제법 컸다. 아빠가 손에 묻은 물기를 털면서 화장실에서 나오기에 물어봤더니 베란다에 놓을 거라는 게 아닌가.

"왜?"

그러자 아빠는 "왜가 어디 있어."라며 세상 꼰대스러운 대답을 하는 것이었다. 평소에 청소도 잘 안 하고 꾸미지도 않는 베란다에 스탠드 하나 놓는다고 뭐가 달라질까.

아빠는 그걸 확인하고 싶기라도 한지 부랴부랴 옷을 갈아입더니 스탠드 포장을 풀어 베란다 구석진 곳으로 가져갔다. 마침 어두워진 참이라 조립과 설치를 끝내고 불을 켰더니 예쁜 빛깔이 베란다를 훤히 비추었다.

"베란다에다 아주 살림을 차리시는구만."

밝기를 조절하니까 솔직히 분위기가 달라 보였다. 문제는 그렇게 한껏 꾸며 놓고 나서 아빠가 한 일이라는 게 거기다 저녁상을 차리는 것이었다. 그것도 순대국밥 저녁상을 말이다. 순대국밥이 한식이라면 스탠드에서 흘러나오는 조명의 분위기는 유럽식이었다. 그것도 스위스나 알프스 같은 데나 어울릴 법한.

'조심하자.'

새로 산 스탠드로 분위기까지 잡았으니 지금 아빠 머릿속에 떠오르는 유일한 소망은 가족과 함께 순대국밥을 맛있게 먹는 일일 것이다. 그러려면 순대국밥을 먹지 않는 내가 괜히 거슬릴 것이다. 일단 조심하고 보자는 생각에 부엌으로 가 달걀프라이를 하면서 시간을 끌었다.

내 손으로 내가 먹을 달걀프라이를 해서 베란다로 가고 있는데 갑자기 어제 세기의 사건들을 다루는 유튜브 방송에서 들었던 '암암리에'라는 단어가 떠올랐다. 잠깐 달걀 프라이 하러 간 틈에 혼자 베란다에 남은 아빠는 누군가와 문자를 하고 있었다. 그런데 왜 이 상황을 보고 뜬금없이 '암암리에'라는 단어가 떠오른 걸까. 정확한 뜻이 궁금해 인터넷으로 검색했더니 '남이 모르는 사이'라고 대충 뜻이 나왔다. 내가 적절한 단어를 떠올린 것 같다. 스탠드 분위기에 취한 아빠는 이미 뜨거운 순대국밥을 입안에서 영접하기 시작했다. 물론 문자를 주고받는 것도 계속했다. 한 손으로는 순대국밥을 퍼먹고 다른 손으로는 연애를 한다. 불행하게도 아빠의 손은 두 개뿐이어서 나를 위한 것은 없다. 그래서 나는 평소와 달리 내가 먹을 달걀프라이를 직접 해 올 수밖에 없었다.

"어이, 시원하다."

아빠는 그릇째 입에 대고 국물을 마시더니 매우 행복한 표정을 지었다. 시원하기도 하겠다. 아들은 보기 좋게 소외시키고 양손으로 원하는 것을 다 쥐었으니 말이다. 나는 내가 왜 '암암리에'라는 단어를 떠올렸는지 확실히 알 것 같았다. 남이 모르는 사이, 정확히 말하면 아들인 나도 모르는 사이 아빠는 즐겁고 행복해지고 있었다. 이 상황을 다른 말로 뭐라고 하더라. 맞아!

깨가 쏟아진다.

아빠한테 이런 말이 어울리는 날이 오다니, 기분 나쁜 소름이 돋았다. 불쾌해진 나는 밥을 먹다 말고 얼른 인스타그램을 열어 이모 계정에서 문제의 게시물을 다시 찾았다.

blue-sky : 언니는 요즘 어떻게 지내? 행복하지?

sinabro : 깨가 쏟아진다. 이런 게 사는 거구나 싶대.

설마…… 엄마가 지금 깨가 쏟아지게 행복하다는 뜻은 아니겠지? 깨가 쏟아진다는 건…… 아무리 생각해도 그건 혼자 행복하다는 이야기가 아닌 것 같다. 아빠에게 하이힐이 있듯이 엄마에게도 누군가 있다는 말이 된다. 이번에는 그다음 댓글에 시선을 옮겼다. 잘됐다 정말, 그러기가 쉽지 않거든. 알 듯하면서도 어려웠다.

내 앞에 초라하게 놓인 달걀프라이 따위에는 눈길도 주지 않던 아빠가 순대국밥 한 그릇을 다 비우고 말했다.

"뭘 그렇게 봐?"

"응, 친구들."

그렇게 둘러대는데 뭐랄까, 약간 내 입이 떨리는 게 느껴졌다. 아빠는 엄마가 누군가와 깨가 쏟아지게 행복하다는 사실을 알고 있을까. 아니, 아빠랑 엄마가 제각기 다른 사람이랑 깨가 쏟아지는 바람에 중간에서 원치 않는 깨 세례를 받아야 하는 내 심정에 관해 짐작이나 하고 있을까. 공명지가 들으면 분명 나한테 이렇게 말할 것이다. 너, 참 고소하다.

아무래도 물어보아야 할 것 같다. 지금이 궁금한 것을 물어보기 좋은 타이밍이다. 하지만 바로 물어보지는 않고 엉뚱한 이야기로 워밍업을 해서 분위기를 푸는 게 아빠에게 다가가는 더 좋은 방법이다.

"낮에 과외 선생님이라고 찾아온 사람, 누구야?"

"누구긴 누구야, 과외 선생이 과외 선생이지."

"아니라던데?"

"누가?"

공명지한테 들었다고 말할 수는 없어 둘러댈 거짓말을 찾고 있는데 아빠가 먼저 말했다.

"유능한 사람이라 너를 맡기려고 부탁했어. 너 이제 진짜 공부해야 하잖아."

그럼 지금까지 내가 한 공부는 가짜였단 말인가. 난 언제나 진짜로 공부했다. 책도 안 읽고 독서 기록장을 쓰는 가짜 공부가 판치는 사기꾼들의(예를 들면 공명지) 세상이지만 나만은 속임수를 쓰지 않았다. 아빠가 이런 식으로 나온다면 내 대답도 분명하다.

"난 과외는 안 할 거야."

돈도 아깝지만 현재 다니는 학원에 불만이 없다는 이유를 강조하기 위해 장황하게 설명했다. 영어 선생님과 오래 정들었는데 학원 끊겠다는 말을 어떻게 한단 말인가.

"과외 선생님이라는 게 좀 부담스러우면 그냥 매니저라고 생각해."

"매니저?"

"그래, 개인 매니저."

"내가 연예인도 아닌데 매니저는 무슨."

순대국밥의 효능으로 은혜의 땀이 줄줄 흐르자 아빠는 안경을 벗은 다음 윗도리를 훌렁 까뒤집고 그 안쪽에다 이마며 얼굴에 맺힌 땀방울을 닦았다. 아우 더러워!

"매니저라는 게 어때서? 낯설 거 없어. 너한테 필요한 일을 찾아낸 다음 그걸 할 수 있게 도와주는 사람인 거지. 지금 너한테 가장 필요한 일이 뭐야? 공부하는 거잖아. 모르긴 몰라도 영어, 수학뿐 아니라 공부 전반에 관해 관리받을 수 있을걸. 수업은 그 선생도 네가 공명지랑 같이 하면 좋을 것 같다고 하던데."

"통화도 했어?"

"어, 뭐. 과외 선생이자 네 매니저잖아. 면접도 봤으니까 할 건지 말 건지 결정을 내려야 하는 거지. 어려운 사람이 아니니까 그냥 편하게 과외받는다고 생각해. 아빠는 바빠서 네 학교생활에 도통 신경을 못 쓰잖아."

그래? 하고 있는 사이 아빠는 맥주를 가지러 냉장고로 갔다. 그 틈에 나는 공명지에게 메시지를 보냈다.

> 아까 그 아줌마 아빠 여친이 아니라 과외 선생 겸 내 매니저래. 공부 전반을 관리해 주는. 요 앞에서 만난 건 데이트가 아니라 면접 본 거라던데? 물론 난 과외 안 하겠다고 했음.

그랬더니 즉각 다음과 같은 초간단 답장이 날아왔다.

페이크야.

　어휴. 내가 한숨을 크게 쉬자 부엌 냉장고에서 꺼낸 캔 하나를 따면서 베란다로 돌아온 아빠가 내 앞자리에 앉아 맥주를 마셨다. 나는 약간 뜸을 들였다. 스스로 촉이 좋다는 공명지에 따르면 아빠는 지금 자기 여친에게 위장 잠입을 시켰다는 이야기가 된다. 여친을 과외 선생이나 매니저로 포장해 집안에 들이면 아무도 눈치 못 챌 거라 생각했던 걸까. 날 바보로 아나?

　"아빠."

　"응."

　"하나만 물어봐도 돼?"

　"그래."

　"낮에 온 그 아줌마 말이야, 내 매니저야 아니면 아빠 여친이야?"

　아빠는 '여친'이라는 말에 놀라 맥주를 뿜을 뻔했다.

　"매니저라니까 이 자식이 아빠 말 안 믿네."

　"아, 아니라던데?"

　"글쎄, 누가 그런 소리를 해?"

그러더니 갑자기 눈을 부릅떠서 나도 모르게 움츠러들고 말았다. 아빠가 큰소리로 말했다.

"너 인마, 곧 중3 되잖아. 좋은 대학 가야지. 나중에 아빠 친구들 아들딸은 다 좋은 대학 나와 떵떵거리는데 너만 빌빌거려 봐. 내 체면이 뭐가 되겠니? 그래서 내가 유능한 사람을 골라 네 매니저로 데려온 거야."

아, 또 꼰대 나라의 문이 열리고 말았다. 1분 안에 반드시 아빠 입에서 이런 말이 나오게 되어 있다.

'너 공부 일등 못하면 내 아들 아니야.' 혹은, '너 좋은 대학 못 가면 내 아들 아니야.'

그게 1절이라면 2절은 더 강압적인 버전이다.

'넌 자식아. 먹는 것부터가 왜 그 모양이야? 사내자식이라면 펄펄 끓는 순대국밥 시원하게 들이키고 땀을 쫙 쏟아야지. 엉?'

아니나 다를까. 베란다 테이블에 펼쳐 놓은 것들을 주섬주섬 챙겨 안으로 나르면서 아빠가 태연하게 내게 일침을 가했다.

"자식이 고맙다고 하지는 않고 말이야. 먹는 것도 시원찮고 뭐 하나 시원하게 좀 못하겠냐? 하여간 너 다음 시험에서 성적 못 올리면 내 아들 아니야. 그런 줄이나 알아."

그러더니 내가 여전히 베란다 의자에 앉아 있는데도 불구하고 스탠드 조명을 탁, 꺼 버리고는 안으로 들어가 베란다 문까지 닫아 버렸다. 왠지 모르게 집에서 쫓겨난 기분이었다.

덕분에 엄마에 관해서는 물어보지도 못했다.

첫 번째 수업

다음 날 고모가 전화를 걸어왔다. 엄마에 관해 물어볼 기회라고 생각했다. 하지만 입이 쉽게 떨어지지 않아 워밍업으로 다른 것부터 물어보기로 했다. 아빠가 술 마시고 열 걸음 정도의 구간을 반복해서 왔다 갔다 하는 것을 봤는데 이유가 뭔지 아느냐고 물었다. 고모는 듣자마자 웃기부터 했다.

"너희 아빠 아직도 그러니?"

'아직도'라면 자주 그런다는 뜻이 아닌가. 나는 처음 봤는데.

"술 때문에 그래. 취하면 방향 감각을 상실하나 봐."

‘하이힐한테 취해 방향 감각을 상실한 건 아니고?’

"전에는 어땠는지 아니? 종로에 가면 2층에 있는 맥줏집이 있는데 그 밑에서 두 시간가량을 그러고 있었단다. 같이 술 마셨던 사람들이 지하철역으로 걸어가면서 깜빡하고 빠트린 틈에 그리되었다지 아마."

고모는 그게 고상하거나 재미있는 습관이라도 된다는 듯한 말투였다. 고쳐야 한다고 주장하기는커녕 아빠가 보기 좋은 액세서리 하나를 가슴에 달고 있는 것처럼 말하고 있었다. 내 입장에서는 술 취해서 한 행동이라는 것도 충격이었다. 여전히 아들을 선택할 것인지 하이힐을 선택할 것인지 헷갈려 하는 아빠를 상상하게 만들었기 때문이다.

고모랑 통화를 할수록 뭔가 꿀꿀해지는 느낌 때문에 망설여졌지만 드디어 본론을 꺼냈다. 아빠에게는 비밀로 해달라는 조건을 걸고.

"우리 엄마, 미국 간 거 맞아요?"

"어머, 왜? 어디서 무슨 소리라도 들었니?"

수화기 너머에서 펄쩍 뛰는 고모의 모습이 생생하게 전달되었다.

"아니 뭐…… 어쩌다가 우연히 이모 인스타그램을 봤는

데……."

"아니, 그 여편네가 거기다 뭐라고 지껄였기에?"

"아니에요."

그러고 나서 알았다며 전화를 끊었는데 고모가 다시 전화를 걸어왔다. 이번에는 구슬리는 말투였다.

"너도 이제 다 컸으니까 진즉 말해 줬어야 하는 건지도 모르지만 말이야……. 그래, 네 엄마 재혼했어. 아마 잘 살고 있겠지. 그러니까 너도 아빠랑 보란 듯이 잘 사는 걸 보여 줘야 하지 않겠니?"

그렇게 한참 비슷한 말을 하고 나더니 나중에는 불현듯 "너 누구 편이야?" 하고 묻는 게 아닌가. 맙소사. 하지만 그냥 해 보는 말이 아니었다. 대답을 꼭 들어야겠다는 식이었다.

"아, 몰라요."

그러고는 전화를 끊어 버렸다. 다행히 고모에게 또 전화가 걸려오지는 않았다.

이제 나는 꼼짝없이 콩쥐가 되어가고 있는 느낌이었다. 내 의사나 기분은 전혀 존중받지 못한 채로 말이다. 그때 메시지가 왔다. 공명지 아니면 형석이나 영훈이라고 생각하

고 봤는데, 모르는 번호였다. 하지만 메시지에는 내 이름이
적혀 있었다.

> 수영아, 과외 선생님이야. 너 요즘 격주로 비대면 수업이라며? 오늘
> 오후 5시에 수업하러 갈게, 기다려. 그리고 명지한테도 오라고 연
> 락해 줘.

그러고는 이따 보자, 와 함께 말도 안 되는 이모티콘을 붙
여 놓았다. 아이 씨. 뭐가 이렇게 일방적이야. 아빠보다 더
한 사람이잖아.

> 저는 과외 안 해요.

그렇게 답을 썼지만 보내지는 않고 들여다보기만 했다.
어떡하지?
이럴 때는 방법이 하나밖에 없다. 공명지한테 물어보면
되는 것이다.
"통화 가능해?"
그렇게 말하다가 깜짝 놀라 나도 모르게 휴대폰을 틀어

막았다. 공명지가 전화를 받기는 받았는데 전화 너머로 비명과 구타 소리가 요란했다. 공명지가 남동생을 난타하고 있는 것 같았다. 바로 한 살 아래인 공명지 동생 공병호는 세상에서 제일 불쌍한 남자애다. 누나한테 매일 욕먹고 얻어맞고 돈까지 착취당한다. 아빠한테 이르면 "넌 좀 맞아야 해."라고 하고 엄마한테 이르면 "이 자식이 어딜 누나한테 덤벼?"라고 한단다. 화가 난 공병호가 "나 열여덟 살에 주민등록증만 나오면 집 나갈 거야."라고 하면 그 부모님은 "뭘 열여덟까지 기다려 지금 당장 나가!"라고 소리친다. 가끔은 얼른 나가라며 문까지 열어 준다고 한다. 불쌍한 녀석!

생각해 보면 공병호의 신세도 콩쥐나 다름없다. 엄마 아빠가 과일 가게로 출근해서 매일 집을 비우기 때문에 대부분의 시간을 누나랑 보내야 하기 때문이다. 그냥 전화를 끊을까 하는데, 구타를 끝낸 공명지가 헉헉거리면서 전화를 받았다.

"왜?"

내가 막 하이힐에게 온 메시지를 전하려고 하는데 수화기 너머에서 공병호의 욕설이 들려왔다. 수위가 꽤 높았다.

"야!" 하고 덤비는 소리도 들은 것 같다. 공명지는 즉각 휴대폰을 팽개치고 달려간 것 같았다. 이번에는 동생 목을 졸라 버릴지도 모른다는 생각에 전화를 끊고 공명지네 집으로 달려갔더니 공병호는 이미 제압당한 뒤였다. 공명지 발에 목이 눌린 공병호가 싹싹 빌고 있었다.

"뭘 가지고 그런 거야?"

물어봤더니 황당한 대답이 돌아왔다.

"이 자식이 이천 원짜리 붕어빵 다섯 개를 사서 혼자 다 처먹은 거야."

겨우 붕어빵 때문에 동생을 잡느냐고 했더니 "너 누구 편이야?" 하면서 한 대 칠 것 같은 표정을 지었다. 누구 돈으로 붕어빵을 샀느냐고 물었더니 공병호 돈이라고 하는 게 아닌가. 그게 왜 잘못이냐고 묻지는 않았다. 공명지와 공병호의 관계가 원래 그렇다. 잘하고 잘못한 것의 개념이 다른 사람들과는 달라도 너무 다르다. 그냥 공명지의 기분이 법일 때가 많다. 잘못 끼어들었다가는 내 목이 눌리는 건 순식간이다. 하지만 불쌍한 공병호를 구해 줄 필요는 있을 것 같아 하이힐의 메시지 내용을 전했더니 "5시라고? 어, 알았어. 시간 맞춰 갈게."라고 하는 게 아닌가.

"그게 아니라……."

"아니긴 뭐가 아닌데?"

"과외를 할 건지 말 건지부터 의논해야지."

"우리 집 형편에 공짜 과외가 어디냐? 어떻게 되든 일단 하고 봐야지."

그렇게 속셈을 훤히 드러낸 공명지는 머리를 감기 위해 화장실로 들어갔다. 누나의 발밑에서 겨우 벗어난 공병호가 일어나 말했다.

"고마워, 형."

"뭘 이 정도를 가지고."

공병호는 공명지네 집 콩쥐고, 나는 우리 집 콩쥐다.

말은 안 되지만 막장 드라마보다 더한 현실도 있으니 진짜가 될 수도 있을 불길한 상황을 생각하면서 집으로 돌아왔다. 하이힐에게 답장을 하지는 않았다. 일방적으로 5시에 온다고 한 거지 답을 달라고 한 적은 없었기 때문이다.

하이힐이 집에 온 것은 4시 30분이었다. 오늘도 자주색 하이힐을 신고 왔다. 손에는 검정 비닐 봉투가 들려 있었지만 그것이 신토불이 떡볶이라는 생각은 미처 하지 못했다. 왜 이렇게 일찍 오셨냐고 물었더니 떡볶이를 같이 먹기 위해

서라며 검정 비닐 봉투를 흔들어 보였다.

"핫도그하고 만두도 사 왔으니까 같이 먹자. 명지는?"

"5시에 올 거예요. 배고프시면 먼저 드세요."

그랬더니 기다렸다가 같이 먹자고 했다. 가방과 떡볶이를 의자와 식탁에 내려놓은 하이힐은 갑자기 집 안을 둘러보기 시작했다. 그뿐이 아니었다. 둘러보다가 거슬리는 것이 있으면 바로 잡거나 수건 같은 것은 손으로 치우면서 정리도 했다. 냉장고를 열어 봤을 때는 긴장이 되었다. 우리 집 냉장고에서는 냄새도 나고 반찬통들이 뒤엉켜 있어 매우 복잡하고 지저분해 보인다. 가끔은 뚜껑을 덮지 않은 김치 그릇도 나오는데 설마 지금은 아니겠지?

"끔찍하구나."

하이힐이 그렇게 말하고는 얼른 냉장고를 닫았다. 무슨 생각을 하고 있든 다행이었다. 하지만 그게 끝이 아니었다. 자기가 살 집을 탐색하듯이 베란다를 내다보는가 싶더니 어느새 안으로 들어와 방문을 열어 보기 시작했다.

"여기가 네 방이니?"

첫 번째 열어 본 방이 내 방이어서 기겁을 하는데, 마침 공명지가 들어오는 바람에 내 방문이 다시 닫혔다. 하이힐과 공명지의 첫인사는 이랬다.

"프리 패스?"

"당연하죠."

하이힐은 공명지에게 전화번호를 받아 자기 휴대폰에 입력했다. 뭐랄까, 용의주도한 것 같기도 했으나 한편으로 생각하면 이상한 행동이었다. 돈도 안 받겠다면서 전화번호는 왜 물어본단 말인가. 저렇게 해 놓고 나중에 과외비 내놓으라고 하면 공명지가 가만있지 않을 텐데.

셋이 식탁에 앉아 떡볶이를 펼쳤다.

"와, 진짜 사 오셨네?"

그렇게 반기면서 앞접시까지 가져와 나눠 준 것은 공명지였다.

"명지는 어떤 과목이 신경 쓰이는 편이야?"

신경이 쓰이다니, 무슨 소리야? 나는 말귀를 알아듣지도 못했는데 공명지와 하이힐은 죽이 척척 맞았다.

"특히 수학이 문제예요."

공명지는 엄살을 떨었고 하이힐은 그런 공명지를 귀엽다는 표정으로 바라보았다. 확실히 팥쥐 엄마 같다. 공명지는 하이힐이 데리고 온 팥쥐 같고.

"오늘은 시간표부터 짜자. 교재도 정하고."

그렇게 해서 첫 번째 과외가 끝났다. 공명지가 집으로 돌아가자마자 아빠가 돌아와 말했다.

"같이 저녁이나 먹으러 나갈까?"

순대국밥이 뭐라고

"그냥 과외 선생님이라며? 아니, 내 매니저라며?"

하이힐 몰래 안방으로 따라 들어가 정장에서 캐주얼 차림으로 옷을 갈아입고 있는 아빠에게 따졌다. 캐주얼 차림이라고는 하지만 와이셔츠에 조끼를 받쳐 입고 그 위에는 보기 흉한 점퍼를 걸쳐 입는 식이었다.

"그래, 왜?"

"누가 과외 선생님이랑 외식을 하냐고?"

"과외 선생보다는 매니저니까. 매니저는 우리 집이나 너에 관한 일이라면 A부터 Z까지 다 관여해야지. 아빠가 그러라고 고용한 사람이야. 그러니까 같이 밥 먹는 것도 중요한 일이야."

아빠는 이렇게 포장에 공을 들이는 사람이다. 그렇게 하면 내가 속을 줄 아는 모양이다. 하지만 그때까지도 미처 몰랐던 게 있다. 나는 그저 하이힐과 아빠와 셋이서 마주 앉아 밥을 먹어야 한다는 사실만이 불편했으나 더 중요한 문제가 있음을 나중에 알았다. 기껏 외출 준비해서 아빠 차로 20여 분 걸려 음식점에 도착한 뒤 벌어진 일은 너무나 충격적이었다.

"여기다."

아빠는 앞자리에 앉은 하이힐과 뒷자리에 앉은 나에게 내리라는 사인을 보냈다. 차에서 내리기 위해 아빠가 운전석 문손잡이를 잡으려 했을 때였다.

"잠깐만요."

문을 열고 밖으로 나가려는 아빠를 다급하게 잡아 세운 것은 내가 아니라 하이힐이었다. 나는 그 소리를 들었으나 이미 차 밖으로 나온 뒤였다.

"어?"

하이힐이 "여기서 저녁을 먹겠다는 거예요?"라고 말한 것과 내 눈이 '명 순대국밥'이라는 간판을 보고 만 것은 거의 동시에 벌어진 일이었다. 하이힐과는 상관없이 내 입도 다급하게 경보음을 울리고 있었다. 아빠! 아빠?

뒷문은 미처 닫히지 않은 채였으나 나는 그대로 두었다. 아무래도 차 안으로 도로 들어가야 할 것 같았기 때문이다. 명 순대국밥은 낙원 총무가 운영하는 순대국밥집으로 사장님은 아빠 생일날 케이크 교환권을 보내 준 분이기도 하다. 단독 건물로 된 고급스러운 음식점이어서 공간 여유가 많아 낙원 모임도 그 집에서 한 적이 있기에 나도 두어 번 와 본 적이 있다.

문제는 순대국밥 전문점이어서 나처럼 순대국밥을 먹지 않는 사람에 대한 배려가 불가능하다는 점이다. 밥하고 김치만 먹는다면 모를까 내가 먹을 것이 따로 있지는 않았다. 그렇다고 순대국밥을 못 먹는다고 말할 수는 없었다. 그건 아빠의 세계에서는 뭔가 아주 이상한 커밍아웃이 될 게 분명해서 분위기를 심각하게 만들 게 뻔하다. 무엇보다 아빠는 낙원 회원들 앞에서 "내 아들은 순대국밥을 못 먹어요."라고 할 사람이 아니다. 그동안 나의 정체를 속이기 위해 궁여지책으로 선택한 메뉴가 쟁반순대였는데 오늘은 그마저도 싫다. 전혀 생각이 없었다. 종업원이 어딘가에서 머스터드소스를 구해다 준다 하더라도 부속 고기를 먹을 수 있는 상황인지는 아직 알 수 없었다. 나는 국에 빠트린 부속 고기는 절대 먹지 않는다. 전자레인지에 따로 데워 소스에 찍어 먹어야 하는데, 내 성격상 명 순대국밥에서 그런 주장을 펼 수는 없다. 이럴 바에는 차라리 집에서 라면을 끓여 먹거나 편의점에서 삼각김밥을 사 먹는 게 나았다. 안 간다고 고집을 피울 걸 괜히 따라 나왔다.

그때 차 안에서 하이힐의 하이 톤 목소리가 들려왔다.

하이힐은 첫 포문을 이렇게 열었다.

"집에 있던 냉장고에서도 순대 냄새가 나서 이상하다 했었는데…… 안 선배, 이런 음식 좋아하나 봐요?"

'끔찍하구나.'

아까 하이힐이 냉장고를 열어 보고 나서 했던 말이었다. 냉장고 정리가 안 되어 그런 줄 알았더니 어느새 순대 냄새까지 맡았단 말인가. 하지만 하이힐을 마냥 응원할 수도 없는 것이 나의 처지였다. 무엇보다 맞습니다, 라면서 편을 먹기에는 어색한 구석이 없지 않았다.

잠시 뒤 하이힐이 자신의 입장을 분명히 밝혔다.

"죄송하지만, 다른 거 먹으면 안 될까요? 사실 저 순대국밥 못 먹어요."

차 옆에 어정쩡하게 서 있던 나는 쿵덕쿵덕 내 심장이 날뛰는 소리를 들었다. 아빠 앞에서 순대국밥을 거부하다니, 어떻게 결론이 날지는 모르지만 큰일이 벌어진 것이나 다름없었다.

순대국밥이 거부당하면 아빠는 기필코 순대국밥을 거부한 그 사람을 거부할 것이다. 매사에 그런 식으로 해서 엄마와도 사이가 좋지 않았고 끝내 헤어지는 결과로 이어졌다. 어쩌면 혹독한 응징이 뒤따를지도 모른다. 다른 그 무엇보다 하이힐을 보는 게 오늘이 마지막이 될 가능성이 높아졌다. 아쉬움이야 조금도 없지만 공명지는 어떨까, 하는 생각을 조금은 했다. 나는 과외로 갈아타기가 급작스럽게 벌어진 일이라 학원에 앞으로 못 다닌다는 소리를 미처 하지 못한 상황이므로 아무 일도 없었다는 듯 다시 학원에 나가면 되는 일이기는 하다. 공명지는 깊은 한숨을 쉬겠지만 나는 이러나저러나 상관없다. 그렇지만 과연 그게 전부일까.

어쩔까 하다가 나는 다시 차 안으로 들어가 문을 닫았다. 끼어들 마음은 없었기에 그냥 가만히 앉아서 사태의 추이를 관망할 참이었다. 다행히 아빠는 다시 차를 몰아 어느 골목 입구로 갔다. 명 순대국밥 주차장에 계속 있으면 사장님이 눈치채고 뛰어나올 게 분명했으니 어쩔 수 없는 선택이었다.

"그럼, 미애 씨는 뭐가 먹고 싶어요?"

아빠 목소리가 조금은 위압적으로 들렸다. 기분이 몹시 상한 걸 숨기려고 목소리를 낮춘 것 같았다. 순대국밥 못 먹는 게 그리 기분 상할 일이냐고 누군가 묻는다면 나는 우리 아빠에게는 몹시 그럴 일이라고 자신 있게 말해 줄 수 있다. 그나저나 하이힐의 이름이 미애인 모양이었다. 하이힐은 국밥 종류만 아니면 다 좋다고 대답했다.

"그렇구나. 순대국밥을 못 먹는구나."

아빠가 혼잣말하듯 중얼거렸다. 하이힐을 쳐다보지는 않고 정면을 응시한 채였다. 나는 그 말뜻을 정확히 알고 있었다.

그렇다면 당신은 아웃이야. 바로 그 뜻이었다. 두 사람이나 몰래 얼마나 만나 우정을 쌓아 왔는지는 모르지만, 오늘로 그 모든 것이 끝인 것이다.

"피자와 스파게티는 어때요? 수영이도 좋아할 것 같고."

하이힐이 자신감 넘치는 목소리로 메뉴를 제안했으나 아빠가 즉각 반대하고 나섰다.

"밀가루 둘둘 말아 놓고 케첩 찍찍 뿌린 피자를 돈 주고 먹는 거 진짜 이해가 안 가요."

아빠는 모욕이라도 당한 사람처럼 씩씩거렸다. 거의 화가 난 표정이었다. 백미러를 통해 봤더니 하이힐의 표정도 굳어 있었다.

"그럼 된장찌개도 나오고 나물과 생선도 나오는 한식집으로 갈까요?"

거의 굽실거리는 어조로 하이힐이 애를 썼으나 꼰대 전투력을 뿜어내기 시작한 아빠는 이번에도 고개를 저었다. 그건 회사에서 매일 먹는 거라 싫다는 것이다. 나는 그다음 말이 뭔지 알 것 같았다. 먹을 거라고는 순대국밥밖에 없어요. 그걸로 갑시다. 인내력이 고갈되었다면 하이힐을 그냥 보내 버릴 수도 있었다. 내 말에 무조건 순응해야 한다는 식인 아빠는 그러고도 남을 사람이다.

그런데 아빠는 하이힐을 바로 보내 버리지 않고 설득하기 시작했다. 옛날 옛적 고루한 시절 이야기부터 꺼내는가 싶더니 순대국밥에 대한 할머니의 사랑과 긍지를 털어놓았고, 순대국밥의 향기가 아빠의 정신을 맑게 하고 향수를 자극한다느니 뭐니 말도 안 되는 소리까지 늘어놓았다. 한국인의 밥상도 이렇게는 안 했을 것 같았다. 남의 동네 골목에다 어정쩡하게 차를 세워놓은 채 꼭 그런 말을 해야만 했을까. 아빠의 난데없는 고백에 진심으로 거부감이 든 것은 바로 나였다. 순대국밥 향기가 그렇게 좋다면 혼자만 즐기면 되지 왜 남들한테까지 이러나.

순대국밥에 얽힌 사연을 다 털어놓은 아빠는 마지막 말을 이렇게 장식했다.

"가족이 함께 둘러앉아 순대국밥을 맛있게 먹는 게 제로망이에요. 미애 씨, 내가 한 번만 부탁하면 안 될까요?"

그건 아빠가 하이힐을 꽤 좋게 봤다는 이야기도 된다. 부탁이라고는 하지만 이건 아빠가 남에게 고개를 숙인 것이나 다름없는 행동이었다. 게다가 '가족이 함께 둘러앉아'라는 말을 통해 매니저며 과외 선생님이라고 한 게 공명지말대로 페이크라는 것을 아빠 스스로 고백하고 말았다.

지금 이 순간 하이힐은 아빠에게 가족 후보 0순위인지도 모른다. 나를 버리고 하이힐에게 갈 생각을 심각하게 했었던 것 같다. 지난번 버스 정류장에서 열 걸음 되는 구간을 왔다 갔다 반복했던 것이 우연은 아니었다. 이쪽으로 가야하나, 저쪽으로 가야 하나. 그것은 아빠가 떠안은 현실적 고민이다.

그렇다면 하이힐은 어떻게 나올까.

다행히 하이힐은 아빠의 말도 안 되는 로망을 비웃지는 않았다. 진지하게 들어 주고 고개를 끄덕였으며 심지어는 칭찬하기에 이르렀다.

"그게 선배의 큰 그림이구나."

말투로 보아 빈정거림은 아니었다. 하지만 그게 다였다. 하이힐은 이렇게 말했다.

"저는 순대국밥을 먹을 수 있는데 먹기 싫어서 안 먹는 게 아니에요. 선배 말을 듣고 보니까 먹고 싶어요, 먹었으면 좋겠어요. 무엇보다 로망이라고 하니까 더 먹고 싶네요. 하지만 안타깝게도 좀 곤란할 것 같은데 어쩌죠? 선배, 저는 순대국밥을 안 먹는 게 아니라 못 먹어요. 먹을 수가 없어요."

그러자 아빠가 퉁명스러운 목소리로 물었다.

"순대국밥을 먹으면 탈이라도 나요?"

"네 탈이 납니다. 하지만……."

"하지만 뭐요?"

"나중에는 노력해 볼게요. 날씨가 아주 많이 추워지면 가능할 수도 있을 것 같아요. 하지만 오늘은 힘들어요."

"노력해 본다는 건 결국 못 먹는 게 아니라 순대국밥이 싫어서 안 먹겠다는 뜻 아닌가요?"

하이힐은 뭔가 길게 설명할 것 같더니 "아니요, 좀 달라요. 다른 이야기예요."라고 하고는 더 이상 말하지 않았다. 뒷자리에 앉은 나는 박수라도 치고 싶었다. 하이힐과 수업을 한 게 세 번만 되었어도 박수를 쳤을지도 모른다. 아빠는 포기하지 않고 한 번 더 의향을 물었다.

"정말 안 되겠어요?"

"힘들다고 했잖아요."

"정말요?"

"네."

"안타깝네요."

"순대국밥이 선배의 로망인 것은 알겠는데 저한테까지 강요하는 건 좀 아닌 것 같아요."

"가, 강요라니. 강요로 들렸어요?"

"에이, 그럼 이게 강요가 아니면 배려겠어요?"

아빠는 정색을 했다. 깜짝 놀라는 표정이었고 잠시 후에는 부당한 지적을 받은 사람처럼 인상이 험악해졌다. 자존심이 상한 것 같았다. 나는 차 안인데도 주변을 두리번거렸다. 순대국밥을 가지고 토론하는 상황이라니. 지나가던 고양이라도 보고 비웃을까 창피했다. 어쩔 수 없이 아빠의 기분을 눈치챈 하이힐은 미안한 표정에 사로잡혔다. 이번에는 하이힐이 아빠를 설득하기 시작했다.

"안 선배, 여자들은 대부분 순대국밥이나 그런 거 싫어해요. 더구나 오늘 수영이와 같이 저녁 먹는 자린데 저도 실수하고 싶지 않거든요. 그러니 오늘 하루만 저를 배려해 주시는 게 어떨까요? 부탁드립니다."

서로가 서로에게 최선을 다해 부탁하다니. 나는 세상에서 가장 희한한 데이트를 목격하고 있었다. 도대체 순대국밥이 뭐라고. 아빠처럼 하이힐 역시 양손을 모은 다음 아빠를 향해 고개까지 숙였다.

그 뒤는 어떻게 되었느냐고?

팽팽한 기싸움은 기싸움으로 끝났다. 저녁 약속은 그 자리에서 무산되고 말았다. 그나마 아빠가 잘한 일은 차에서 내린 하이힐에게 택시를 잡아 준 거였다.

많이 놀랐지?

명 순대국밥에서 순대국밥 3인분을 사서 우리 집으로 돌아오는 20여 분간 아빠와 나는 한마디 말도 주고받지 않았다. 나의 잠재적 학대자로 여겼던 하이힐이 우리 가족 곁에서 사라지면 속이 시원할 줄 알았는데 꼭 그렇지는 않았다. 아빠와 더 이상 만나지 않게 된 것은 백번 환영할 만한 일은 아니었다. 좋은 사람을 만나는 것도 중요하지만 잘 헤어지는 것이 더 중요하다는 말을 자주 해 준 사람은 돌아가신 할머니였다. 오늘 아빠와 하이힐은 아주 나쁘게 헤어졌다.

신호등에 차가 멈추었을 때는 그 정적이 부담스러워 숨

이 막힐 지경이었으나 차가 다시 출발하는 순간 어디선가 나타난 배달 오토바이 대여섯 대가 한꺼번에 경적을 울리며 사거리를 넘어가는 바람에 그나마 숨통이 트였다. 평소 신경을 나쁘게 자극하던 소음이 도움이 될 때가 있다니. 그 와중에도 배는 염치없이 꼬르륵대며 천둥소리를 내고 있었다. 세상에 없는 '부탁 배틀'을 관람해서인지 배 속의 굶주린 영혼들이 모두 손을 들고 일어났다. 그나마 뒷자리에 앉은 탓에 배 속의 난동이 아빠에게 들리지는 않아 다행이었다.

집에 도착하자마자 얼른 내 방으로 들어갔다. 옷을 벗으면서 나도 모르게 심호흡을 크게 했다. 그때 띵, 소리와 함께 메시지가 도착했다. 신경 쓸 정신이 아니어서 대충 휴대폰을 보았는데 하이힐이라는 글씨가 눈에 들어오는 게 아닌가. 부랴부랴 메시지를 읽었다.

> 수영아, 많이 놀랐지?

너무 신기해서 모든 동작을 멈추고 하이힐이 보낸 글씨를 들여다보았다. 수영아, 많이 놀랐지? 어른들에게 얼마나 듣고 싶었던 말인가. 가슴이 먹먹해지면서 왠지 모르게 눈물이 날 것 같았다. 하지만 속으면 안 된다는 생각을 되새겼다. 하이힐은 나에게 여전히 잠재적 학대자에 불과한 사람이다.

> 네. 아니요.

내가 그런 답을 보냈다는 것을 전송 버튼을 누르고 난 뒤에야 알았다. 앞뒤가 안 맞는 말이었으나 왠지 모르게 적절한 대답 같았다. 아무리 생각해도 답은 '네'도 아니고 '아니오'도 아니다. 혹은 '네'이기도 하고 '아니오'이기도 하다. 사실 사과를 해야 할 사람은 아빠가 아닌가. 아빠가 사과를 하지 않는다면 나라도 해야 하는 걸까. 죄송합니다. 일단 쓰기는 했으나 보내기 버튼을 누르는 게 쉽지 않았다. 무엇보다 나의 사과가 가치 있는지 없는지 알수가 없었다. 할 수 없이 다음과 같은 내용을 써서 보냈다.

> 감사합니다.

이를테면 '죄송합니다.'가 생략된 말이었고 '많이 놀랐지?'라고 물어 주어 고맙다는 뜻이었으나 그것이 하이힐에게 잘 전달되었을지는 알 수 없었다.

휴대폰을 내려놓고 옷을 다 갈아입고 나서 내가 보낸 메시지를 다시 들여다보았더니 왠지 모르게 부끄러웠다. '많이 놀랐지?'라는 구절에 훅, 넘어가 정신을 못 차리는 내 모습이 보였기 때문이다. 마침 그때 하이힐의 다음 메시지가 도착했다.

> 선생님이 너무너무 미안하다.

어느새 하이힐의 글자 속으로 빨려 들어갔다. 나도 모르게 이런 어른은 처음이라는 생각이 드는 것이다. 팥쥐 엄마 프레임이 존재한다 하더라도 예외라는 것도 있지 않을까. 분명히 ○○ 계모 사건 속에 나오는 계모와는 다른 계모도 세상에 존재할 것이다. 어쩌면 세상의 계모들은 다 착하고 ○○ 계모 사건 속 계모만 예외인 건지도 모른다. 팥쥐 엄마 프레임은 진짜지만 동시에 진짜가 아니다.

아빠와 대화를 하다 보면 내 마음이 조각조각 나누어져

있다는 생각이 들 때가 있다. 큰 나무에서 떨어져 나와 물속에 둥둥 떠다니는 나뭇잎 한 장을 아무도 알아주지 않듯이, 내 마음에서 비집고 나온 조각난 마음들은 언제나 아빠로부터 무시당하고 배제되고 때로는 걷어채었다. 그래서인지 '많이 놀랐지?'와 '미안하다'가 부쩍 더 마음을 건드리는 것 같았다.

진짜 미안해야 할 사람은 아빠지만 하이힐이 그런 아빠를 받아 주지 못해 미안하다고 한 거라면, 이 사과를 받아 줘야 하는 게 아닐까.

"아니, 아니, 속으면 안 돼."

나도 모르게 혼잣말이 흘러나왔다. 하이힐의 사과가 진심이라는 것은 알겠지만 그렇다고 무턱대고 받아 주면 나는 어떻게 된단 말인가. 찬밥 신세가 되고 싶지는 않다. 나는 나를 지킬 것이다.

어쩌면 아빠도 이런 기분으로 버스 정류장에서 열 걸음쯤 되는 구간을 왔다 갔다 했던 건 아니었을까. 이쪽으로 가야 할 것 같기도 하고 저쪽으로 가야 할 것 같기도 한 혼란스러운 마음에.

답은 해야 할 것 같아 적을 내용을 궁리하고 있는데 하이힐의 메시지가 또 도착했다. 이번에는 장문이다.

> 사실은 선생님이 땀을 많이 흘리는 체질이야. 순대국밥이나 콩나물국밥처럼 뜨거운 것을 먹고 나면 땀이 비 오듯 흘러내린단다. 수영이와 수영이 아빠 앞에서 검은 눈물을 흘리고 싶지는 않았어. 나 오늘 마스카라 진하게 칠하고 왔거든. 선생님이 융통성 없는 사람은 아닌데 오늘은 좀 답답하게 행동했네. 특히 너한테 미안하다. 정식으로 사과할게. 수영이가 오늘 한 번만 선생님 좀 이해해 주라, 응?

메시지를 읽고 나서 입을 다물지 못하고 있는데 아빠가 부르는 소리가 들렸다. 저녁 먹자는 소리 같았다. 미처 답을 적지도 못하고 부엌으로 갔다.

식탁에는 방금 사 온 명 순대국밥 메뉴가 펼쳐져 있었다. 조금 식었을 것 같은 순대 한 쟁반과 무김치, 새우젓 따위였고 부속 고기가 따로 놓여 있지는 않았다. 그것은 아마 아빠가 가스레인지에서 식탁으로 퍼 나르고 있는 순댓국 속에 빠져 있을 것 같았다.

"아으."

자리에 앉으면서 나도 모르게 불만을 터트렸지만 분위기

를 고려해 작고 애매한 감탄사를 사용했다. 아빠가 식탁에 앉아 순대국밥을 반쯤 비우고 나면 슬그머니 팬을 꺼내 달걀프라이를 해 올 작정이었다.

그때였다.

"자, 먹어."

아빠가 내 앞에 순댓국 한 그릇을 놓았다. 밥 한 공기도 따로 건넸다. 국물을 입에 대지도 않았는데 속이 달아올랐다. 순댓국의 열기가 턱 밑까지 전해져 왔다.

아빠의 기분을 맞춰 주기 위해 쟁반에 마구 섞어 놓은 순대 하나를 젓가락으로 집어 입에 넣었다. 그럭저럭 먹을 만해서 한 개를 더 먹으려 했으나 순댓국에서 냄새가 올라와 코를 공격하는 바람에 입맛이 사라지고 말았다.

"어이."

아빠가 국밥 한 숟가락을 잔뜩 퍼서 입에 넣었다. '어이, 시원하다'에서 '시원하다'가 빠져 있었다. 진짜 시원할 때는 '시원'에 적당한 가락을 넣어 뭔가 속이 뻥 뚫리고 개운해졌다는 것을 확실히 표현했으나 '시원하다'가 빠지고 나니까 아빠의 감탄사는 맥이 풀려 버렸다. '어이'마저도 말끝이 밖으로 확 퍼지지 않고 안으로 말려들어 가 있어

'어휴' 하고 한숨을 내쉬는 것 같았다. 순대국밥은 펄펄 김을 내뿜고 있었지만 아빠는 조금도 시원하지 않은 것이다. 나는 심각한 갈등에 빠지고 말았다. 하이힐의 메시지를 전해 주어야 하는 게 아닌가 싶었다. 하이힐이 나에게 보낸 거지만 나에게 하는 말이 아니라 아빠에게 전하라는 뜻일 수도 있었다. 오해는 풀어야 하니까 말이다.

아빠가 화난 목소리로 재촉했다.

"얼른 먹어."

"싫은…… 데."

"뭐?"

아빠가 눈을 부릅떴고 나 역시 괜한 오기가 치받쳤다.

"왜 자꾸 억지로 먹으래."

그러고는 달걀프라이를 해 오겠다며 몸을 일으키는데 아빠가 "얀마!" 하고 고함을 질렀다. 숟가락도 탁, 내려놓았고 눈빛이 험악해졌다. 순간 아차 싶었다.

"사내자식이 말이야. 그냥 후루룩 먹으면 되는 걸 왜 까다롭게 굴어? 순대국밥 먹지 말라고 협박하는 엄마도 없는데 왜 못 먹겠다는 거야, 엉?"

아빠가 손가락으로 식탁을 내리쳤다. 상처받은 건 나라

고 생각했는데 아빠는 더 심하게 상처받은 것 같았다. 눈에는 핏대가 서 있었다. 나도 모르게 허겁지겁 숟가락을 잡고 국그릇을 휘휘 저었다. 하지만 도저히 입안으로 떠 넣을 용기는 나지 않아 숟가락을 도로 내려놓았다. 아빠가 불같이 화를 냈다.

"먹어, 그냥 먹어."

"아빠."

"그냥 먹으라니까!"

"싫단 말이야. 못 먹어."

아빠의 로망, 순대국밥의 기원과 역사가 중요하듯이 내 몸의 입장도 중요한 거라고 말하고 싶었다. 그런 것을 기억하는 것도 결국은 몸이다. 몸이 해내는 일이다. 몸이 선호하는 것, 내 몸이 싫어하는 것을 존중해 줬으면 좋겠다. 하지만 상황은 더욱 악화되고 말았다. 아빠가 내 숟가락을 빼앗고는 국그릇에서 아무렇게나 건진 건더기를 내 입에다 강제로 떠 넣으려고 했다. 아빠 입에서 나온 "먹어, 먹어."가 마침내 "처먹어, 처먹어!"로 바뀌는 순간 장난이 아니구나 싶었다.

"너 오늘 이거 다 먹지 않으면 가만두지 않을 거야. 알았어?"

그렇게 소리친 아빠는 그대로 일어나 화장실로 들어갔다. 할머니는 이런 이야기를 하신 적이 있다. '부모가 매를 대려고 할 때는 그 자리를 속히 피해라. 자기 손으로 때린 자식이 우는 것을 볼 때 부모는 스스로 손목을 잘라 버리고 싶은 법이다.' 맞아야 할 사람이 자기 자신이라는 것을 알지만 스스로 때릴 방법을 몰라 자식을 때리는 어리석은 사람이 부모라는 이야기다. 나중에 돌아보니까 그때 내가 어떻게 해야 했는지 확연히 알 것 같았다. 나에게는 그 상황을 빠져나갈 두 가지 방법이 있었다. 하나는 순대국밥을 개수대에 쏟고 나서 뒤처리를 말끔히 하거나 임시로 비닐 봉투 같은 데 넣어 감추고 나서 다 먹었다고 거짓말하는 것이었다. 화장실로 들어간 아빠가 그 안에서 무려 10분이나 시간을 끈 이유가 무엇이겠는가.

다른 하나는 하이힐이 보낸 메시지를 어떻게든 전달했어야 했다. 사건의 진실은 그것이기 때문이다. 문제를 해결하는 방법으로 진실만큼 좋은 건 없다. 진실은 모든 사람의 마음을 안정시킬 유일한 신경 안정제니까. 하지만 미련하게도 나는 꾸역꾸역 순대국밥을 처먹기 시작했다. 냄새 때문에 역겨워지자 숨을 참고 눈물을 쏟으면서 순대국밥을 입 안으로 욱여넣었고 씹지도 않은 채 목구멍 안으로 넘겼다.

낙원에서 탈출하는 방법

"야, 어떻게 된 거야?"

병원에서 퇴원해 집에 왔더니 내 방에서 공명지가 튀어나왔다. 어이가 없었다. 허락도 없이 남의 집에 들어온 것만 해도 기가 막히는데 내 방에서 뭘 하고 있었던 거지. 이건 엄연히 주거 침입에 해당된다. 그러니 어떻게 된 거냐는 말은 내가 할 소리였다. 하지만 어제 밤새 토하고 병원에서 온갖 검사에다 주사까지 맞은 뒤라 뭐라고 말할 힘이 없었다. 나는 그냥 소파로 가서 털썩 주저앉았다.

"이거 보고 얼마나 놀랐는지 아냐?"

공명지가 손에 들고 있던 휴대폰을 나에게 내밀었다. 내 휴대폰이었다. 공명지가 열어 놓은 화면에는 미처 읽지 않은 문자와 카톡이 가득했다. 공명지는 자기가 나에게 보낸 메시지와 하이힐이 나에게 보낸 메시지는 열어 보았다고 미리 실토했다. 비밀번호를 어떻게 알았느냐고 물었더니 이런 대답이 돌아왔다.

"너희 집 현관문 비밀번호가 휴대폰 비번이더라."

경찰에 신고해 버리겠다고 했더니 나쁜 마음이 아니라 걱정이 앞서서였다며 변명에 열을 올렸다.

"어떻게 된 건지 빨리 말해 봐."

자초지종을 털어놓으려고 "그게……." 하고 이야기를 시작했으나 더 이상 아무 말도 할 수 없었다. 감정이 격해진 것은 아니었다.

순대국밥을 억지로 먹었거든.

공명지한테 그런 말은 전하고 싶지 않았다. 현관 비밀번호도 알고 휴대폰 비밀번호도 알아 버렸지만 모르는 것 하나쯤은 남겨 두고 싶었다.

"어지러워 병원에 갔더니 영양실조래. 두 시간 동안 영양제 맞고 쉬다 오는 길이야."

그러자 공명지는 허얼, 하고 요란한 감탄사를 내뱉었다.

"그러게 너희 집은 왜 맨날 순대국밥이냐. 여기가 순대국밥집이야? 네가 순대국밥집 알바생이냐고?"

그러더니 갑자기 톤을 바꾸면서 아무래도 안 되겠다고 했다. 대단한 해결책이라도 있는 건가 싶어 귀를 기울였으나 아니었다.

"그냥 팥쥐 엄마를 받아들이는 게 나을 것 같아. 내가 볼 때 과외 선생님이 나쁜 팥쥐 엄마는 아닌 것 같고 그냥 평범한 보통 팥쥐 엄마야."

"보통 팥쥐 엄마는 팥쥐 엄마 아니야?"

"보통 팥쥐 엄마는 밥은 해 주는 팥쥐 엄마야. 찬밥을 그냥 줘도 되는데 전자레인지에 데워 주기는 하는 그런 팥쥐 엄마. 그게 어디냐. 그리고 팥쥐 엄마가 너 구박하면 내가 가만있을 것 같아?"

"가만 안 있으면 네가 어쩔 건데?"

"확 부숴 버릴 거야. 나의 이 두 주먹으로."

그러더니 사방팔방 주먹을 휘둘러댔다.

"밥은 나도 할 줄 알거든."

"그래서 매일 순대국밥이냐?"

갑자기 말문이 막혔다. 공명지도 잠시 입을 다물었다.

"암튼 알았으니까 이제 그만 가."

공명지는 곧장 나가지 않고 미적거리더니 이내 자신의 속마음을 드러냈다.

"내일 수업은 어떻게 되는 거야? 그냥 할 거지?"

"우리 아빠랑 과외 선생님 완전히 갈라섰다니까."

"엥?"

"완전히 끝났다고."

"확실해?"

"그럼."

그러자 공명지는 매우 실망한 표정으로 집으로 돌아갔고 잠시 후 톡을 보냈다.

> 내일 영어 학원에서 보자.

하지만 그게 본론은 아닌 모양이었다. 한참 뭐라고 엉뚱한 소리를 적어 보낸 뒤 마지막으로 이렇게 보냈다.

> 아프지 마라.

영어 학원 어쩌고 하는 것은 모두 페이크이고 내가 걱정
되었다는 건가. 그런 생각을 하다가 나에게도 통찰력이 생
겼다는 생각에 흐흐 웃었다. 나는 알았다고 답을 보내고
내 방으로 들어가 잠을 잤다.

두 시간 정도 자고 일어났더니 비로소 내 정신으로 돌아
온 느낌이었다. 몸은 가뿐해졌고 마음도 의외로 차분했다.
영양제 효과인가, 하면서 내 양 볼을 꾹꾹 눌러 보기도 했
다. 가장 먼저 해야 할 일이 무엇인지 알 것 같았다. 그것은
하이힐에게 미처 하지 못한 답장을 보내는 것이었다. 뭐라
고 적어야 하나. 왜 답장이 늦었다고 해야 하나. 그런 고민
을 하다가 시간이 또 30여 분이 흘러갔다. 알맞은 문장이
도저히 떠오르지 않아 그냥 '내일 수업은요?' 하고 물어
보았다. 1분도 되지 않아 답이 날아왔다.

5시잖아. 떡볶이 사서 갈게. 숙제 꼭 하고.

그런데 그게 어째서 하나도 이상하지 않았던 것일까. 오
히려 마땅한 대답 같아서 고개를 끄덕이기까지 했다. 내일

5시에 과외 수업이 있다는 것이 우리 앞에 놓인 당연한 시간 같았다. 괜히 히죽히죽 웃음이 나서 나는 핫도그도 부탁해요, 라고 뻔뻔스러운 주문도 했다. 공명지한테는 내일 아침에나 이야기할 작정이었다.

잠시 후 아빠가 도시락을 사서 집으로 돌아왔다. 초밥이었다. 뚜껑을 열면서 앞으로는 순대국밥이 싫으면 초밥으로 메뉴를 바꾸자고 하는데 기가 막혔다.

"초밥은 아빠가 좋아하는 거잖아. 제발 나한테 뭐 먹고 싶은지 물어봐 주면 안 돼?"

"어, 미안하다. 다음에는 꼭 물어볼게."

하지만 초밥을 절반가량 먹었을 때였다.

"사내자식이 어떻게 회도 싫어하냐. 이해가 안 되네."

그러면서 생선이 몸에 얼마나 좋은지 입이 닳도록 이야기했다. 맙소사. 이 정도면 우리 아빠 구제 불능 아닐까. 아빠가 달라질 수 있다는 희망은 버려야 하나. 내가 병원으로 실려 가 응급조치를 받고 겨우 깨어나자 울고불고 사과하면서 다시는 음식을 억지로 강요하지 않겠다고 맹세한 게 불과 몇 시간 전이다. 만 하루도 지나지 않아 엄중한 약속을 리셋하고 제자리로 돌아온 나의 아빠.

"아빠!"

들고 있던 젓가락을 탁, 소리 나게 내려놓은 것은 나였다. 이대로는 안 될 것 같았다. 언제까지 이렇게 살아야 한단 말인가. 그동안 내가 너무 애매하게 의사 표현을 했었던 것 같기도 하다.

"순대국밥도 그렇고 초밥도 그렇고 아빠의 일방적인 강요일 뿐이야."

내 기준에서 맛있는 것과 남의 입장에서 맛있는 것은 전혀 다른 것이라는 말을 강조했다. 먹고 싶은 것을 같이 고르고 맛도 같이 보고 나한테 어떠냐고 물어도 보면 좋겠다고 했다. 여자가 없는 집이라고 해서 식생활이 이런 식으로 흘러가야 하는 법은 없다. 어쨌거나 오늘은 나의 날이었다. 내 입으로 여태 하지 못한 말들이 잔소리처럼 터져 나왔다. 그 소리를 듣고 절절매는 아빠 모습을 보는 것도 흥미로웠다.

"그런 의미에서 나는 낙원에서 나갈 거야, 그래도 되지?"

"무슨 소리야?"

"순대국밥에 대한 자긍심은 아빠만 간직하면 되잖아."

"수영아!"

"낙원이 인정 넘치는 세상이라는 것은 알겠어. 거기 사람들이 우리를 위한답시고 선물도 보내고 교환권도 쏘는 거 정말 감사해. 하지만 마음이 따뜻해진 적은 한 번도 없었어. 내가 원하는 건 아빠가 나한테 작은 관심이라도 보이는 거야."

나도 모르게 목소리가 격앙된 채로 할 말을 쏟아 냈다.

"암튼 나 이제부터 낙원 아니니까 그런 줄 알아."

아빠는 쉽게 동의하지 않았다. 그러고 나면 살아갈 의미가 없어질 것 같다나. 너는 내 아들이잖니. 말끝에 그런 소리가 나와서 또 한 번 버럭 했더니 나중에라도 생각이 바뀌면 언제든 돌아오라며 물러섰다. 나는 절대 그런 일은 없을 거라고 말해 주었다.

마지막으로 "과외는?" 하고 물었더니 어떻게 하고 싶은지 내 의견을 물었다. 나는 공명지 핑계를 대면서 일단 한번 해 보고 싶다고 말했다.

"돈은 이미 줬으니까…… 해야겠지."

아빠의 대답이었다. 순간 과외 선생님이 순대국밥을 싫어하는 것은 아니라고 실토하려다가 아빠가 화장실에 들어갔다 나온 뒤로 내 생각이 바뀌었다. 때로는 모르는 게 좋을 때도 있다. 뜨거운 국물만 먹으면 땀을 줄줄 흘린다지 않는가. 우리 같은 부자간에는 먹으면서 땀 좀 흘리는 게 아무 일 아니지만, 선생님 입장에선 숨기고 싶은 치부일 수도 있다. 그 비밀은 내가 지켜 줘야 할 것 같았다. 아빠는 영영 모르게 하고 싶다.

초밥을 다 먹고 내 방으로 돌아와 공명지한테 톡을 보냈다. 내일 5시에 과외 수업 그대로 할 거니까 숙제를 해 오라고 말이다. 1초도 되지 않아 환호하는 이모티콘 하나가 연이어 열 번이나 날아왔다. 카톡카톡카톡…… 아주 정신이 나갈 뻔했다. 메시지도 있었다. 내 덕에 수학까지 잘하는 사기캐가 될 것 같아 고맙다는 내용이었다. 가만있으면 안 될 것 같아 일침을 가했다.

> 나보다 수학을 잘하면 곤란해. 그 선은 지켜 줬으면 좋겠어. 그래야만 이 과외 수업 오래 갈 테니까.

좀 으스대며 답장을 했더니 말문이 막힌다며 욕설이 잔

뜩 섞인 메시지가 날아왔고, 맨 마지막 메시지는 이랬다.

하긴 꼰대 아들이 꼰대밖에 더 되겠어?

작가의 말

　그동안 '꼰대 아빠' 콘셉트로 소설을 쓰게 될 거라고 생각해본 적이 없었는데, 어쩌다 보니 지금 그런 일이 일어났네요. 부자로만 이뤄진 2인 가족, 그리고 심각한 꼰대 기질을 가진 아빠의 이야기가 필요한 현실이 아닌가 생각했습니다.

　하나의 생각을 줄기차게 하다 보니, 머릿속에 연상되는 단어들이 나타나 다투어 줄을 섰습니다. 그런데 꼰대 아빠라는 단어 앞에서 저는 왜 〈낙원 추방〉이라는 영화 제목을 떠올렸을까요? 아무리 생각해도 신기하고 이상합니다. 꼰대 아빠가 가득한 세상이라면 우선은 거기서 탈출하고 봐야 한다고 생각했기 때문일까요. 제가 소설을 쓰면서 'ESC'라고 불리는 탈출 버전을 지독하게 선호해 온 건 사실입니다.

　하지만 문제는 꼰대 아빠와 영화 〈낙원 추방〉이 아무 연관성도 없다는 것이었습니다. 꼰대 아빠와 낙원 추방이라는 단어는 거리가 멀어도 너무 멀어 친구는커녕 이웃사촌도 안 되는 사이였습니다. 거리도 멀고 관계도 멀다면 서로 가깝도록 만들어야 하겠지요.

사실 작가들이 잘하는 일이 바로 그런 것입니다. 작가에게는 해가 쨍쨍한 무더운 날 100미터 운동장을 몇 바퀴 돌거나 커다란 수박 한 통을 사 들고 걸어서 집에 가는 것보다, 연관 없는 것들을 연관 있는 것처럼 만드는 게 훨씬 쉬운 일이니까요.

평소 5호선 전철을 자주 이용하는 저는 서울 종로구에 있는 낙원 상가와 낙원 상가 뒷골목 순대국밥집이 줄지어 있는 곳을 자주 지나다닌 경험이 있습니다. 순대국밥 끓는 냄새, 사람들이 왁자지껄하게 떠들면서 밥 먹는 모습이 정겨운 인상으로 남아 있습니다. 통째로 놓인 돼지머리를 볼 때도 얼굴을 찌푸린 적은 거의 없습니다. 그렇게 제 경험을 바탕으로 꼰대 아빠와 낙원 추방, 그리고 순대국밥은 퓨전 음식처럼 서로 섞이게 되었습니다.

그런데 문제가 또 있었습니다. 사실 제가 국밥 종류 음식을 지독하게 싫어한다는 것입니다. 저는 뜨거운 음식은 무조건 다 싫어합니다. 생각만 해도 땀이 나고 목덜미가 가려운 것 같아요. 어떡해요, 싫은데 억지로 좋아할 수는 없는 거잖아요. 그걸 받아들이는 순간 주인공 수영이가 순대국밥을 엄청 싫어한다고 설정하면 되겠구나 싶었어요.

어때요, 이야기 만들기 참 쉽지요?

저는 언제나 여러분과 함께 이야기의 바다에 빠져들고 싶었어요. 그 바다에는 초록 눈동자를 지닌 괴물도 살고 노랑머리 요정도 있으며, 하루 종일 달리기를 하는 소년과 나무에서 절대 내려가지 않겠다며 고집을 피우는 거미 옷을 입은 60대 노부부가 살아요. 물론 꼰대 아빠도 있어요. 꼰대 아빠는 순대국밥 그릇을 들고 아들을 추격하는 놀이를 즐깁니다. 저는 이 모든 인물을 사랑하기에 여러분에게 소개하고 서로 친구가 될 수 있게 하고 싶었어요. 하지만 지금까지 그 일을 아주 잘한 것 같지는 않아 마음이 개운하지 않을 때도 있습니다.

그러는 사이 제가 쓴 청소년 소설이 열 권째로 접어들었네요. 두 번째 청소년 소설책을 쓸 때 청소년 장편 소설을 열 권쯤 쓰자고 다짐했던 게 떠오릅니다. 세 번째, 네 번째 청소년 소설책을 쓸 때만 해도 까마득해서 불가능해 보였는데, 어느덧 제 책꽂이에는 기적처럼 열 권이라는 책이 꽂혔습니다. 이 책은 제 소망을 이루게 해주었기에 더욱 소중한 책이 될 것 같습니다.

　제가 쓴 열 번째 청소년 소설이 세상에 나올 수 있도록 도와준 킨더랜드와 편집자 님에게 고맙다는 말 전합니다. 부모 세대와 원활한 의사소통을 바라는 청소년들에게 이 책을 바칩니다.

남상순

낙원의 아이 글 남상순 **표지일러스트** 하루치

초판 1쇄 발행 2021년 11월 1일 **초판 2쇄 발행** 2022년 12월 10일
펴낸이 김병오 **편집장** 이향 **외주편집** 한경애 **편집** 김샛별 안유진 조웅연
디자인 정상철 배한재 **홍보마케팅** 한승일 이서윤 강하영
펴낸곳 (주)킨더랜드 **등록** 제406-2015-000037호
주소 경기도 파주시 회동길 512 B동 3F **전화** 031-919-2734 **팩스** 031-919-2735
ISBN 978-89-5618-193-6 43810